帝王決

五

全面反撲

水鵬程◎著

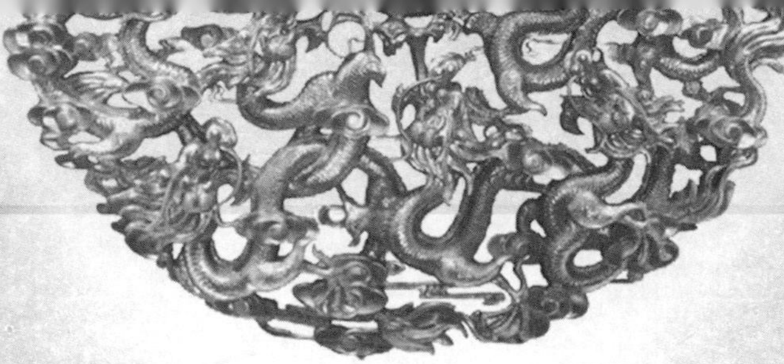

目錄 CONTENTS

第一章

雜牌將軍

慕輿幹被任命為左將軍也不過才兩個月，
之前他連趙武都不如，只是一個雜牌將軍。
如果他不是鎮國公慕輿根的堂弟，
又在慕輿根面前苦苦哀求，
慕輿根才不會在慕容儁面前說情呢，
慕輿幹也決計不會做到左將軍的位置。

濟南城。

「太守大人！太守大人！」

「什麼事情？如此慌忙？」濟南城太守趙武看著來人問道。

太守府大廳裏，一個士兵手中捧著一封書信，急匆匆道：「大人，這是慕輿幹大人派人送來的信。」

「慕輿幹？他不是奉命出使泰山了嗎？快呈上來。」趙武說道。

士兵遞過書信，趙武打開快速地看了一遍。

「開什麼玩笑？居然讓我出三千車糧食？糧食都給他們了，老子吃什麼！」趙武憤憤地道。

「大人，可是慕將軍是陛下指派的使臣，並且早有聖旨交代，要我們都聽他的調遣，萬一拂逆了慕將軍，不僅鎮國公那裏無法交代，陛下那邊更是無法交代。」站在趙武身邊一個身穿棉袍的年輕男子說道。

趙武是燕國尚書令陽鶩的同鄉，也是皇甫真的部下；他以前是後趙的幽州屬官，慕容氏佔領幽州後被俘虜，被同鄉陽鶩說服，替慕容氏出力，皇甫真奉命鎮守青州，便讓趙武留守濟南。

他看了看站在身邊的那個年輕男子說道：「孟鴻，你的意思是說……讓我順從慕輿幹？」

那個年輕的漢子叫孟鴻，二十多歲，年紀甚輕。廣固之戰後，慕容恪俘虜了一批讀書人，將他們押到濟南城，交給皇甫真看管；皇甫真駐守廣固，所拘押的人便交給趙武。

趙武第一次見到孟鴻時，便感到他十分的與眾不同，別人都在大喊大叫，只有他冷靜異常，便將他留在身邊，當自己的幕僚。

孟鴻道：「大人，雖然大將軍統領整個大燕的軍馬，但是鎮國公的勢力也不可小覷，慕輿幹是鎮國公的堂弟，又有陛下頒發的特權，大人不能不從。」

趙武無奈地說道：「好吧，只是一下子抽調三千車糧食出來，濟南城的屯糧就會不足，此事該怎麼辦？」

孟鴻建言道：「此事也很簡單，大人是大將軍的部下，奉命駐守濟南，糧食短缺自然要派人去陳留；此時慕輿根負責糧草調度，所有駐軍的糧草都在陳留，只要將此事稟告給鎮國公，就會有糧草來的。」

趙聽了說道：「好吧，吩咐下去，今天整理糧草，明日你親自送去泰山。」

孟鴻道：「是，大人。不過，我們也應該向慕輿幹先通報一聲吧？城南五十里處有一個小山丘，那裏可以作為交換的地點，大人以為如何？」

「好，就照你說的辦。我這就派人去通知慕輿幹，讓慕輿幹明日午時在那裏等候。」趙武點了點頭，說道。

孟鴻笑了笑，沒有說話，心中緩緩地想道：「我早聽說了唐一明的大名，只是未嘗見過，明日交易的時候，也好看個究竟。」

濟南城外五十里的一個小山丘上，唐一明、慕輿幹、陶豹、孫虎、黃大等人久久地等候在那裏，山丘下面，是一排排列著隊伍的車隊，十分整齊，煞是威嚴。

「將軍，我們都等那麼久了，為什麼還不見人來？」唐一明向前眺望著，見地平線上看不到一個人影，不禁問道。

「漢王，您再耐心地等一會兒，信上說午時交易，如今離午時還有半個時辰，不妨再等等吧。」慕輿幹欠身說道。

黃大聽了，冷哼一聲，道：「換個東西還這麼婆婆媽媽的，一點都不乾脆。大王，如果他們到午時還沒有來的話，我看我們也不必再等了，他們要是想換，就把糧食運到泰山，也省得我們在這裏乾等。」

慕輿幹趕忙安撫道：「漢王息怒，都是屬下辦事不利，才害得漢王在此久等，待我回到薊城，一定會在陛下面前好好參上趙武一本，讓陛下治他貽誤軍機的罪名。」

唐一明點頭道：「我們姑且再等一會兒，如果到午時，運糧的隊伍還沒有來的話，我們便退回泰山。」

慕輿幹見唐一明主意已定，心中不禁暗罵道：「這個趙武，幫大將軍做事的時候，跑得比兔子還快，現在幫鎮國公做事卻婆婆媽媽的，等我完成這次使命，看我不在陛下面前狠狠地參你一本。」

他扭過臉，看到身後一車車滿載的長戟、盾牌，以及隊伍後面兩百多輛裝著炸藥的車，心中十分的滿意。

唐一明看見慕輿幹嘴角浮現一絲似有似無的笑容，忍不住問：
「將軍為何發笑？」
慕輿幹忙掩飾道：「沒，沒什麼。」
「將軍是不是在笑我軍太過簡陋了？實不相瞞，泰山生活條件清貧，將軍這兩天在驛站吃到的肉，還是士兵們不辭辛勞從山上獵來的獵物呢。」唐一明解釋道。
慕輿幹拱手道：「承蒙漢王熱情款待，下官不勝感激。既然泰山清貧，為何漢王不遷徙到泰山郡？下官聽說年前漢王派了一部分人駐守在泰山郡，還開墾出不少良田，如果將所有民眾全部遷徙到泰山郡所轄的各個縣裏，不是就可以解決這個問題了嗎？」
唐一明道：「將軍有所不知，我們在泰山上住慣了，突然離開的話，只怕會有許多不適應；再說，泰山上地形獨特，易守難攻，可成一座堅不可摧的山城。不過，因為資源有限，炸藥也只能製造那麼多了，請將軍先帶回去用。」
慕輿幹靈機一動，建議道：「漢王，大燕疆域遼闊，境內物產豐富，下官知道您是個十分聰明的人，所以才能製造出炸藥這樣極其威力的武器，只要您吩咐一聲，製造炸藥需要什麼原料，下官定當立即派人將原料送到泰山上，這樣一來，我大燕就不用再買了，不過加工費用還是不會虧待漢王的。」

唐一明聽了說：「原來將軍是想把我這裏變成一個大兵工廠，替大燕加工炸藥啊？這個主意是不錯，不過，這項工作十分危險，稍有不慎就會發生意外，導致身首異處，如此高危險性的工作，不知道大燕肯出多少加工費用？」

「這個嘛……下官不能做主，只是，下官回去後，可以詢問一下陛下的意見，只要陛下同意了，好處自然少不了漢王的。您是當朝駙馬，又是陛下的親妹夫，下官還記得上次陛下派人送來不少給公主陪嫁的物品，難道漢王還看不出來陛下對漢王的好嗎？」慕輿幹道。

慕容靈秀和唐一明大婚，當時唐一明以王凱為使臣出使燕國，當慕容俊知道妹妹陰差陽錯地和唐一明完婚後，無奈之下，只好按照公主出嫁之禮，命人送給唐一明不少金銀珠寶。

那些金銀珠寶看似貴重，可是在這樣的一個亂世裏，一粒糧食一粒金，也就顯得一文不值了。

唐一明聽慕輿幹提及此事，冷笑一聲，道：「是啊，皇帝陛下對我可真是好，一連送了十輛馬車的金銀珠寶，只可惜，送來那麼多金銀珠寶還不如送我一點糧食實惠啊。」

慕輿幹見唐一明語帶抱怨，便不再說話，轉過身子，面朝北，眺望前方，期盼濟南城裏的燕軍到來。

良久，山丘附近沒有一絲聲音，十分的寂靜。

唐一明抬起頭，看了看天空的太陽，問陶豹道：「現在到午時了沒有？」

陶豹抬頭看了看太陽，回道：「大王，已經到了！」

唐一明見前方仍是半個人影皆無，便故意不耐煩地說道：「都已經午時了他們還不來，看來是來不了了，傳令下去，全軍撤退，回泰山！」

慕輿幹聽了，急忙安撫說：「漢王，您再等一會兒，一定是中途出了什麼事。」

「不等了，我已經等了一個上午，要來早來了！」唐一明佯怒道。

慕輿幹無奈，只得看著唐一明一行人緩緩向著泰山退去。他搖搖頭，扭臉又看了一眼北面，忽然看見一名騎兵手中扛著一面黑色大旗，旗上繡著一個大大的「燕」字，大驚道：「來了！燕軍來了！」

隨著慕輿幹的大叫，唐一明轉過身子，看到遠處緩緩駛來的燕軍車隊。

「燕軍來了，大家都原地待命！」唐一明下達了命令。

原本退走的漢軍此時都停了下來，就地待命。

大路上，燕軍大旗的後面跟著一隊長長的車隊，車隊上面載滿了糧食，前後相依，絡繹不絕。

趙武騎著一匹戰馬，穿著黑色戰甲，跟在燕軍大旗的後面，雙手拽著馬韁，腰中繫著一把長劍，背後披著披風，顯得十分神俊。

孟鴻跟在趙武的身邊，本來這次交易，趙武吩咐他全權負責，可是趙武又不太放心，便親自來了，留下一名偏將守城。

「孟先生，看來唐一明已經等候多時了。」趙武對身後的孟鴻說道。

孟鴻讚道：「將軍你看，漢軍軍容整齊，每個士兵都精神飽滿，難怪能夠在青州大地上橫行無阻。」

趙武冷哼一聲，不以為然地說：「唐一明不過是仗著手中的炸藥，如果沒有那些炸藥的話，就算他們再怎麼厲害，也絕非我大燕的對手。」

孟鴻笑了笑，沒有回答，心中卻想道：「大燕已經成為中原霸主，疆域越大，士兵的驕橫心理也就越強，如果長此下去的話，只怕對大燕極為不利。唐一明的大名我早有耳聞，只是沒有見過，他能夠在段龕和燕軍的眼皮下一直固守泰山，確實是個了不起的人物。」

過了一會兒，燕軍緩緩地走近漢軍，趙武命令軍隊在山丘下三里處停下，帶著孟鴻和幾名親隨驅馬來到山丘下。

慕輿幹看見趙武帶著人來，立刻抖擻精神，底氣也變得足了，站在山丘上，大聲喝問道：「趙將軍，為何來得如此之晚？」

趙武、孟鴻等人對慕輿幹拜了拜，之後趙武說道：「將軍息怒，道路難走，所以耽誤了時辰。」

慕輿幹冷冷地道：「以後再誤了時辰，軍法從事！」

趙武一臉的不高興，卻也不去理會慕輿幹。

慕輿幹轉過身，畢恭畢敬地向唐一明說道：「漢王，既然糧食已經到了，我們就開始交易吧。」

唐一明卻道：「將軍，你急什麼？燕軍的運糧隊伍遠道而來，需要休息一下，如果士兵不休息好的話，又怎麼進行交易呢？」

「這個……」慕輿幹遲疑道。

「將軍，漢王說的沒錯，我大軍遠道而來，應該先休息一下，不如半個時辰以後再進行交易吧。」趙武拱手道。

「這位是？」唐一明看了趙武一眼，問道。

慕輿幹「哦」了一聲，回道：「這位是濟南太守，大燕游擊將軍趙武！」

「哦，原來是趙將軍，本王與趙將軍做了快半年的鄰居，卻從未來往過，此次能得見將軍，實在榮幸。」唐一明笑道。

趙武也陪笑說道：「漢王過譽了，趙武不過是燕軍一個小將，怎勞漢王青睞呢？」

唐一明笑而不答，轉身對孫虎吩咐道：「傳令大軍，就地休息，半個時辰後進行交易。」

孫虎應命而去。

站在趙武身後的孟鴻一直沒有說話，自上了山，他的目光便一直停留在唐一明身上。

「原來他就是漢王唐一明，果然是英武不凡。」孟鴻仔細地打量了唐一明後，心中暗道。

唐一明掃視了一下趙武周圍的幾個人，見其他人目光呆滯，而趙武身後一個年輕俊美的男子從剛才便目不轉睛地盯著他看，他的目光觸及到那個男子後，那名男子不但不移開視線，反而看得更加入神。

「這漢子倒是有趣，別人都不敢看我，只有他一直盯著我看。」唐一明心中緩緩想道。

他向前跨步問道：「趙將軍，你身後的這位是？」

趙武回道：「這位是下官的幕僚，叫孟鴻，字子均。」

「孟鴻？好名字，鴻者，遠大也，不知孟先生可有什麼鴻鵠之志啊？」

半個時辰的休息時間很長，唐一明閒來無事，便隨便問道。

孟鴻見唐一明詢問他的身分，便兩手抱拳，向唐一明深深地鞠了一躬，畢恭畢敬地說道：「在下孟鴻，參見漢王！」

唐一明見孟鴻十分有禮數，心中已經有了三分歡喜，便呵呵笑道：「難得難得，在這裏大多都是軍人，像孟兄弟這樣有禮數的人倒是很少見到。孟兄弟姓孟，該不會是亞聖孟子之後吧？」

孟鴻聽唐一明說話也很風趣，便道：「漢王過獎了，在下雖然姓孟，卻非孟子後人；如果都如漢王所言，那凡是姓孔的，就都是孔子的後人了。」

唐一明聽了道：「呵呵，你倒是很會說話。孟兄弟，看你的樣子，應該是個讀書人吧？」

「回漢王話，在下算是半個讀書人吧。」孟鴻道。

「半個讀書人？此話怎講？」唐一明好奇地問。

孟鴻嘆道：「在下只粗略讀過幾本孔孟之書，識得幾個字，與那些士族比起來，還是稍遜一籌。如今戰亂不斷，在下就算想讀書也不能夠了；為了一口飯吃，不得已去做一些事與願違的事，因而只能算是半個讀書人。」

唐一明聽後，覺得孟鴻說話十分得體，惋惜道：「可惜啊，像你這樣的人才，我的軍中十分稀缺呢。」

「大王，一個窮酸書生有什麼用？能上陣殺敵還是能夠開山鋪路？」陶豹聽了，不屑地反駁道。

唐一明道：「話不能這樣說，如今大燕是中原霸主，雖然是馬上奪取天下，卻不能在馬上治理天下，所以，擁有一批飽學之士，也是亂世中的治國生存之道。打仗打仗，打的是什麼？打的不是仗，而是國力。如果國力虛弱的話，連武器裝備都不能夠配發，讓士兵赤手空拳地上陣，那豈不是送羊入虎口？」

慕輿幹聽了，心中不以為然，當即反駁道：「我大燕鐵騎橫行無忌，所過之處，百姓無不望風而降。我大燕立國時，根本談不上什麼國力，不過是靠著各個部族的人口去燒殺搶掠，到各處掠奪金銀財寶；沒有國力，我們的雙手是幹什麼的？難道我們不會去搶？漢王，我看你是太過優柔寡斷了，難怪你在泰山上一待就是大半年，而面對泰山外面許多無人之地也不去佔領，卻甘願躲在山溝裏。」

趙武道：「我倒是覺得漢王說的沒有錯，對如今的大燕國來說非常受用，如果陛下能夠休養生息幾年，專心治理國內百姓，大燕的國力必定會登上一個新的臺階，到時候再發兵攻打任何國家，必定會無往而不利。」

「哼！這是你們漢人的想法，在我們鮮卑人眼裏卻不敢苟同。以戰養戰，打到哪裡就搶到哪裡，這樣的打法才是我大燕的根本，只要邊打邊搶，不出三年，我大燕就能統一天下！」慕輿幹蠻橫地說道。

趙武聽了，反問道：「請問將軍，那統一天下之後呢？」

慕輿幹道：「所有的人都臣服了，統一之後自然不敢反叛，還擔心什麼？」

唐一明見趙武和慕輿幹槓上了，心中暗道：「咬吧咬吧，你們狗咬狗，我在這裏看熱鬧，最好動起手來才好。慕輿幹是慕輿根的堂弟，趙武是皇甫真的部下，皇甫真又是慕容恪的部下，而慕輿根和慕容恪雖然表面上和睦，私下裏慕輿根卻一直很嫉妒慕容恪，大燕現在雖然沒有外患，但是內憂嚴重，慕容儁又好大喜功，看來不久大燕就會徹底瓦解了。」

他想到這裏，瞅了一眼孟鴻，見孟鴻臉上沒有任何表情，面對趙武和慕輿幹的吵鬧也無動於衷，心中起疑道：「這孟鴻是趙武的幕僚，看見自己的主人和別人吵起來，卻也不去幫忙，難道他根本無意待在燕軍嗎？之前軍師能夠說服常煒，我為什麼就不能策反一個人呢？」

燕國的廷尉常煒自從願意暗中投靠唐一明後，便每隔一段時間派人從薊城將國內的消息秘密送達泰山，所以唐一明和王猛對於燕國境內的一切大事十分的清楚。

孟鴻斜眼看了一下唐一明，目光中充滿了崇敬之情。

孟鴻的腦海中一直在思索著唐一明剛才說的話，不禁緩緩想道：「漢王果然是不一般的人物，一句簡單的話便洞穿了整個亂世。打仗打的是國力，所以晉朝不管怎麼失敗，依舊屹立在南方；

看來，漢王之所以能夠這麼長時間一直佔據泰山，在泰山上的實力絕對不容忽視。如今燕國大軍集結在洛陽一帶，準備發動對秦國的戰爭，只要一打起來，青州、徐州一帶必然空虛。漢王是個聰明的人，這種良機必然不會錯失，肯定會發兵攻打青州、徐州。我本是漢人，要是能夠用我所學輔佐漢王，也許以後的青史中也會留下我孟鴻的名字。」

一旁趙武聽到慕輿幹的話，心中雖然生氣，卻不能就此發怒，而讓唐一明等人看笑話；更何況慕輿幹是他的上司，又是特使，更加不能得罪。

他臉色陰鬱，冷冷地說道：「漢王，我的部下已經休息得差不多了，我看就趕快進行交易吧。已經過了午時，大家都還沒有吃飯，如此拖下去也不是辦法！」

唐一明聽了道：「嗯，你說得有理，那好吧，陶豹，傳令下去，馬上進行交易，一車武器裝備換兩車糧食，一次五車交換！」

陶豹道：「俺這就傳令下去。」

趙武便對唐一明拱手道：「漢王，下官還要處理交易之事，就不在此逗留了！」

唐一明點點頭道：「將軍請便！」

趙武便轉過身子，對孟鴻等人說道：「我們走！」

慕輿幹看到趙武離開的身影，冷冷說道：「哼！神氣什麼啊？不就是打過幾次仗嗎？」

唐一明眼睛一轉，笑道：「慕輿將軍，看來趙武根本就沒有把你放在眼裏啊。」

慕輿幹怒道：「他敢！本將軍是陛下親自任命的使臣，手中握有特權，他要是敢不聽我的命令，我能讓他死無葬身之地。」

「將軍何必發那麼大的火？你和趙將軍都是燕將，應該一起為國盡忠才對啊。不過，我聽說趙將軍一直都看不起將軍，說將軍是依靠裙帶關係才做到左將軍的位置的。」唐一明故意添油加醋地道。

慕輿幹被任命為左將軍也不過才兩個月時間，之前他連趙武都不如，只是一個雜牌將軍。在燕軍中，要想有爵位，就必須立功，以功勞來進行封賞，慕輿幹雖然參軍很早，可是自從臉上被敵軍砍傷之後，便膽小起來，一直未再進爵。如果他不是鎮國公慕輿根的堂弟，又在慕輿根面前苦苦哀求，而慕輿家人才幾乎喪盡，慕輿根才不會在慕容儁面前說情呢，慕輿幹也決計不會做到左將軍的位置。

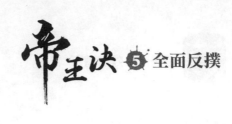

在燕國，依靠裙帶關係爬上去的官員，一般都為人所不齒，所以慕輿幹雖然做了左將軍，卻得不到別人的認可。為此，他便想借助這次出使的機會給自己立個大功。可是沒想到的是，呼延絕和那幾個武士竟然會被人發現且身首異處，可謂是官途不順。

慕輿幹聽到唐一明的話，急忙道：「漢王，你是怎麼知道的？這些話當真是趙武說的？」

唐一明挑撥道：「自然是聽來的。將軍，你可以想像一下，我與趙武素無來往，今天也是第一次見面，這樣的話都能傳到我的耳朵裏，就更別提你們燕軍中的人了。」

「他娘的！老子招誰惹誰了？竟敢這樣數落我！看老子回去後，不在陛下面前狠狠地奏他一本！」慕輿幹大怒道。

唐一明勸道：「都是同殿之臣，中間有點隔閡也是難免的。將軍大人不計小人過，我看就不用跟趙武這種小人計較了。何況，算起來趙武也是大將軍慕容恪的部下，試問現在整個大燕國中，又有誰的勢力能跟大將軍相比呢？本王聽說上庸王慕容評已經被免去了軍權，留京聽用，可確有其事？」

慕輿幹點點頭，道：「確有其事，慕容評這老匹夫年紀太大了，又殘忍好殺，不利於進行對秦作戰，陛下只能將他留在京師，一來防止他的勢力坐大。與大將軍比起來，慕容評這個老匹夫更具有危險性，他要是全權負責對秦作戰，那我和鎮國公就肯定會受到排擠。大將軍不一樣，大將軍任人唯賢，對陛下也是忠心耿耿，用兵如神，是絕佳人選；不過，大將軍是大將軍，趙武是趙武，趙武竟然敢詆毀我，這事就算到了大將軍那裏，趙武也難逃責罰！」

唐一明聽到慕輿幹的話後，心中想道：「原來大燕國內的派系竟是如此複雜，慕容恪一派，慕容評一派，慕輿根又是一派，看來就算我不從中作梗，三派也絕對會爭奪不休。不過，以現在的形式看來，慕容恪這一派倒是很強勢，其中不但有慕容垂、陽鶩、皇甫真這樣的名將，打仗方面也是他們的強項，對秦作戰，肯定是無往而不利了。」

慕輿幹轉過身子，看到趙武命令人推著糧車正在和漢軍進行交換，兩軍都很嚴謹，檢查得很仔細，生怕會上當受騙。他心中惱怒趙武，肚中開始發餓，便對唐一明說道：「漢王，您在此稍歇，我去去就來！」

唐一明點點頭。

慕輿幹信步走下山丘，來到兩軍交易的地方，對燕軍士兵說道：「這樣太慢了，照這樣的速度換下去，要換到何年何月去？看一下就行，漢王是駙馬爺，怎麼會騙我們呢？你們都給我動作快點。」

趙武聽到慕輿幹的聲音，走了過來，問道：「將軍，你這是幹什麼？」

慕輿幹冷冷地說道：「幹什麼？你說我幹什麼？本將軍等了你們一上午，你們在這裏磨蹭什麼？都動作俐落點兒，趕快換完了好回去！」

趙武臉上青筋暴起，正準備發出怒火，卻被孟鴻一把捂住嘴

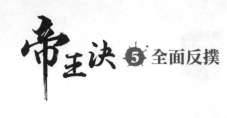

巴，對慕輿幹說道：「將軍，我等遵命！」

孟鴻將趙武拉到一邊，鬆開了趙武的嘴，勸道：「趙將軍，你這又是何必呢？他是特使，這件事本來就是他要做的，就讓他做好了。」

趙武道：「那怎麼成？萬一出了岔子，該如何是好？」

孟鴻呵呵笑道：「趙將軍，這事都是慕輿幹一個人接手，不管是否有所紕漏，我們只是奉命行事，就算有功也不會賞給將軍，有過，也決計不會罰到將軍身上，將軍只需遵從慕輿幹的命令就是了，免得惹禍上身。」

趙武聽了，若有所悟地點點頭，道：「孟先生，你說的沒錯，此事與我無關！」

第二章

齊人之福

「夠了，真是受夠了。

俗話說，三個女人一台戲，看來一點都不假。

你們都是我的老婆，難道就不能和睦相處嗎？

之前我一直耐心容忍著，今天我實在是忍無可忍了。

你們兩個都給我站到那邊去！」

唐一明指著牆角說道。

晉穆帝永和九年（西元三五三年），二月初十。

午時剛過，唐一明和他的部下帶著三千車糧食興高采烈地返回泰山，完成了他們與燕軍的第一次交易，同時也送走了燕國的使臣慕輿幹。

唐一明、陶豹、孫虎三人騎著馬，走在隊伍的最前列，黃大則帶著部下趕著糧車跟在後面，由李老四帶著一千士兵走在最後，因為怕遇到什麼意外，所有的人都極為小心。

「大王，俺一直不明白，為什麼大王不採納王凱的建議，狠狠地陰燕軍一把呢？」陶豹問唐一明道。

唐一明道：「記得咱們之前跟燕軍換過兩次東西，一次是用玉璽換糧食，另一次是用炸藥換馬匹，這次，我們是用武器裝備換糧食。三次換下來，我軍都是以誠相換，為的就是給以後作下鋪墊。你想想，如果我們耍陰，以後還要不要再和燕軍做買賣了？為了長遠的發展打算，所以我不同意戲弄燕軍。這次就這麼算了吧，就當我們虧本了，等燕軍嘗到鋼製武器和戰甲的優越以及對炸藥的依賴，那我們就可以任意加價了。」

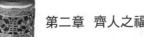

「大王，你說得好像很深奧，俺聽不太懂，不過，俺知道，只要有大王在，就沒有辦不成的事情。」陶豹嘿嘿笑道。

唐一明看了看陶豹，問道：「對了，你和那個叫楊清的女子相處得怎麼樣了？」

陶豹重重地嘆了一口氣，道：「大王，別提了，俺每天都會給她送點東西，可是她對俺始終愛理不理的，俺真是搞不懂，為什麼女人對俺都是這個樣子？」

唐一明笑道：「別著急，追女人就是這樣，女追男隔層紗，男追女隔座山，你要想把這座山頭給攻下來，還需要花點時間和精力，慢慢來，總有一天她會被你的誠意給打動的。」

陶豹聳聳肩，苦著臉說：「哎，俺已經灰心了，俺怕俺等到她的孩子都當爹了，也不見得願意嫁給俺！」

所有人聽了，都笑了起來。

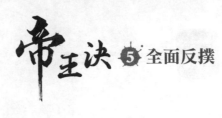

陶豹見眾人取笑他，洩氣地說：「笑吧，你們儘管取笑俺吧，大不了俺這輩子不要老婆了。」

唐一明安慰說：「陶豹，你可千萬別灰心，你放心，她絕對不會有孩子，也不會和任何人結婚的。」

陶豹露出不解的表情問道：「為什麼？」

唐一明道：「你忘了在泰山上有個婚姻法嗎？只要結婚，就必須去民政局進行登記，登記過的才是合法夫妻，沒有登記的就不能結婚；再說，山上男丁本來就少，男人們也大都有兩個或者三個妻子，婚姻法規定，成過婚的人若要再娶的話，需要徵求民政局的同意，不是說誰想娶就娶了，所以你的機會還很大，只要你去跟王簡說一聲，他自然會幫你的。」

「王簡？那個膽小鬼？俺才不去求他呢。」陶豹不屑地說。

唐一明詫異地道：「這是為什麼？王簡哪裡膽小了？」

「他就是膽小，俺聽李副師長講過許多關於他的故事，俺不喜歡膽小鬼！」陶豹撇嘴道。

「又是李老四？他這張嘴就是不夠牢靠。既然你不去，那只能由我來出面告訴王簡了。」唐一明微怒地說。

陶豹眨巴著眼睛，道：「大王，為什麼你要對俺這麼好？」

唐一明笑道：「你自從跟隨我以來，立下許多戰功，再加上你武藝超群，身手敏捷，又是打虎英雄，我怎麼會對你不好呢？」

陶豹聽到唐一明誇讚他，撓撓頭，不好意思地道：「大王，你都誇得俺不好意思了。」

「陶大哥，你別不好意思，大王這麼誇你，是看重你，只要你以後竭盡全力地保護大王，大王會更加器重你的。」孫虎在一邊幫腔道。

唐一明聽了，說道：「孫虎說得很對。陶豹、孫虎，你們都餓了嗎？」

陶豹、孫虎都點點頭，道：「早就餓了。」

唐一明便道：「那傳令下去，加速前進，儘快趕回山裏。」

「是！」陶豹、孫虎同時答道。

回到泰山後，眾人都飽飽地大吃一頓，算是慰勞一下今天的辛苦。

晚上，唐一明回到家中，先看望一下三個老婆。

自從唐一明娶了三個老婆後，每天晚上光是應付三人的吵鬧，就夠他心煩的。三人中，李蕊比較大器，不愛計較，也不會爭風吃醋，是最讓唐一明省心的。

由於個性使然，姚倩最不安分，雖然已經有了身孕，每天還是照常到訓練場上舞刀弄劍，弄得唐一明擔心不已，生怕她會出什麼意外。在家裡，只要看到唐一明特別照顧慕容靈秀時，姚倩也會使性子，搞得唐一明左右為難。

後來，唐一明見李蕊的肚子越來越大，姚倩的肚子也微微凸起，乾脆將兩個懷孕的老婆丟到靜修堂，和山上其他懷著身孕的女人一起在後山待產，這才清靜下來。

靜修堂是一處專門修建的園林，依山傍水，景色宜人，又有那些有生育經驗的婦女照顧著，十分適合即將臨盆的女人養胎待產。

今天因為唐一明心情高興，便讓人將李蕊和姚倩接了回來，並且特意安排了一些小菜，以款待老婆大人們。

「來，今天難得如此高興，我們一家人聚在一起開心開心。」唐一明分別夾了一筷子的菜放在三個老婆面前的碗裏。

姚倩白了唐一明一眼，不滿地道：「開心什麼啊？你倒是天天開心了，我和姐姐在靜修堂連老公的影子都看不到！」

唐一明知道姚倩說的是氣話，便好顏安撫說道：「小倩，我這不都是為了你好嗎？我平時那麼忙，靈秀又不會照顧人，為了你和胎兒的安全，我才不得不把你們送到靜修堂，讓專人來伺候你們啊。」

「妹妹，老公也是為了我們好，你就別生氣了，等孩子一生下來，咱們不就可以回來了嗎？」李蕊一隻手摸著自己的肚子，另一隻手則拉住姚倩的手緩頰道。

「姐姐，你就是心太軟了，誰知道是不是有人給老公出的餿主意呢！」姚倩指桑罵槐地說。

慕容靈秀聽出了話外之音，當即回嘴道：「倩姐姐，你這話是什麼意思？」

「什麼意思？別人不清楚，你還不清楚嗎？我想，你不用我解釋什麼吧？」姚倩譏刺道。

慕容靈秀絲毫不讓地道：「你把話說清楚，別指桑罵槐的，告訴你，我可從來沒有說過你們的壞話，也沒有做任何對不起你們的事，我問心無愧！」

「吆呵！不做虧心事，不怕鬼敲門，沒有就沒有吧，幹什麼反應那麼大啊？只怕是心裏有鬼吧？」姚倩挑釁地說。

「你……老公，你看倩姐姐，我有沒有說過她什麼壞話，你是最清楚的，你一定要給我做主啊！」

慕容靈秀挽住唐一明的手臂，嗲聲地撒嬌道。

姚倩見慕容靈秀撒起嬌來，便也挽住唐一明的另外一隻手臂搖晃著，嘴裏發出酥麻的聲音，說道：「老公……這些日子以來，你知道人家多想你嗎？人家天天見不到你，每次回來，你都不在……老公……難道你就不知道疼一疼我嗎？」

唐一明面對兩個老婆的夾擊攻勢，他哪裡經歷過這樣的場面？頓時顯得有點手足無措。在現代，他連個女朋友都沒有，來到古代，竟連續娶了三個老婆，實在不知如何招架。

唐一明無奈地看了看坐在對面的李蕊，向李蕊使了個眼色，希望李蕊能替他解圍。

李蕊看了，趕忙打圓場說：「好了，兩位妹妹，我們現在在吃飯呢，吃飯就要有個吃飯的樣子。」

「老公……」

「……老公……」

姚倩和慕容靈秀兩人分別搖著唐一明的手臂，完全無視李蕊的話，繼續使出渾身解數地對唐一明喊道。

兩人叫得一個比一個嗲，讓唐一明渾身起雞皮疙瘩，不知道該怎麼辦好了。

「老公吃菜！」

「老公喝湯！」

姚倩、慕容靈秀兩人互不相讓，表面上對唐一明很是殷勤，實際上卻勾心鬥角，互相敵視對方。

終於慕容靈秀壓不住心中怒火，質問道：「倩姐姐，你幹什麼老是學我啊？」

姚倩冷笑一聲，道：「笑話，我怎麼可能學你？你喊你的，我叫我的，互不干擾。」

「老公，明明就是倩姐姐在學我嘛！」慕容靈秀只好向唐一明

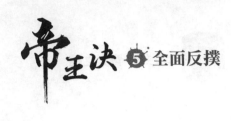

求助。

姚倩嘲諷道：「我才沒學你咧，你看你，每天都霸佔著老公，可是兩個多月過去了，你的肚皮卻一點動靜都沒有。我看你根本就不會生，生不出來還霸佔著老公幹什麼？」

慕容靈秀聽了，氣急敗壞地甩開唐一明的手，指著姚倩怒道：

「你……你說什麼？你再說一遍？」

「別說一遍，就是十遍八遍我也敢說，你就是不能生！」姚倩哼了聲說。

慕容靈秀氣到極點，對一個女人來說，生兒育女是何等重大的事，慕容靈秀聽姚倩說的話如此惡毒，再也無法忍受，瞪大了眼睛，隨手抄起一碗稀粥便朝姚倩潑了過去。

好在姚倩眼疾手快，看見慕容靈秀用稀粥潑她，早就躲閃到一邊去了。

姚倩指著慕容靈秀罵道：「好你個小妮子，居然敢用粥潑我？看我怎麼收拾你！」

唐一明見兩人吵得不可開交，要是再不阻止她們，可能馬上就要大打出手了，只得大聲喝道：「都給我住手！」

「夠了，我真是受夠了。俗話說，三個女人一台戲，看來一點都不假，你們都是我的老婆，難道就不能和睦相處嗎？可能之前我太寵你們了，一直耐心容忍著，今天我實在是忍無可忍了。你們兩個都給我站到那邊去！」唐一明指著牆角，狠狠地說道。

「老公……」慕容靈秀不甘願地道。

唐一明生氣地斥責道：「無風不起浪，一個巴掌拍不響，你要是像你蕊姐姐一樣，姚倩就算再怎麼想和你吵，也吵不起來啊。站過去！」

姚倩「哼」了一聲，冷冷說：「站就站，有什麼了不起的。」

李蕊見場面難堪，臉上多了一絲哀愁，勸道：「老公，兩位妹妹還小不懂事，我看就算了吧。」

唐一明不為所動地說：「你別給她們求情，今天如果不好好管管她們，她們以後會鬧上天了。」

姚倩、慕容靈秀站在牆角，兩人互看了一眼，不服氣地都將頭轉了過去。

「你們兩個都給我聽好了！我是你們的老公，更是這泰山上的萬民之主，而你們都是我的愛人，我們是一家人，應該相親相愛才對，可是你們看看，一家人有吵成這樣的嗎？」唐一明怒道。

「老公，兩位妹妹都知道錯了……」李蕊小聲道。

「知道錯了？我看未必吧！」唐一明回道：「你們兩個都是我的妻子，做妻子就應該有做妻子的樣子，平時我管過你們沒有？我那麼寵愛你們，你們卻為了一點小事喋喋不休地爭吵，我看再不好好管管你們的話，你們會更加無法無天了。」

唐一明攙扶著李蕊，對姚倩和慕容靈秀說道：「長幼有序，凡事都要講個先來後到，從今天起，李蕊便是王妃，你們兩個見到她就要畢恭畢敬的，知道了嗎？」

慕容靈秀嘟囔道：「知道了，老公！」

姚倩冷笑一聲，說：「知道了！」

「你笑什麼？」唐一明見姚倩態度不善，不高興地問道。

姚倩反駁道：「蕊姐姐是王妃，那我們算你的什麼？我肚子裏的孩子又算什麼？」

唐一明回道：「李蕊是王妃，你是倩夫人，靈秀是秀夫人，你們都是我的妻子，我自然不會虧待你們的。」

這下連慕容靈秀也不依了，慕容靈秀身在皇宮，自然知道夫人要比王妃低一個等級，她是堂堂大燕國公主，來到這裏卻只做了一個夫人，連王妃都沒有做到，她又怎麼高興得起來呢？

只見她微怒道：「唐一明，你是漢王不假，可我也是大燕國的公主，難道我連個王妃都做不成嗎？」

「老公，我看我不如不做這個王妃了，也做個夫人吧！至於王妃嘛，就請老公在兩位妹妹中間選一個吧！」李蕊趕忙表態道。

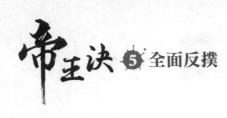

唐一明態度堅持道：「不行！你就做你的王妃，除了你，她們兩人誰也不能做王妃！」

他又轉頭對慕容靈秀說：「靈秀，你還記得你和我說過的話嗎？你曾經說，無論我走到哪裡，你就會跟到哪裡，要和我永遠長相廝守，你願意拋棄燕國，這些話你還記得嗎？」

慕容靈秀低著頭說：「當然記得。」

「你還說過，嫁雞隨雞，嫁狗隨狗，現在，你是我的人，再也不是什麼大燕國的公主了，讓你做個夫人不委屈你吧？」唐一明厲聲問道。

慕容靈秀聽了，順從地搖搖頭道：「老公，我聽你的，就做夫人吧！」

唐一明轉而問姚倩說：「小倩，你呢？」

姚倩雖然心仍不服，但也莫可奈何，見唐一明態度堅持，只好道：「夫人就夫人吧，我沒有意見。」

「好，從此以後，李蕊便是王妃，你和慕容靈秀都是夫人，你們三姐妹要好好相處，不得再有類似情況發生，不然的話，我就軍法從事！」唐一明厲聲說道。

姚倩、慕容靈秀同時答道：「是，漢王！」

三日後，駐守洛陽的四十萬燕軍正式向西進發，發動了有史以來，燕國最大規模的一次戰爭。

同日，燕帝慕容俊於出征之日頒下了聖旨，賜太原王、大將軍慕容恪假節鉞，統領西征大軍四十萬，一切西征事宜均可由其獨斷，不必上奏。

慕容恪接受聖旨後，便以吳王慕容垂為前將軍，統帥五萬精銳為先鋒大將；以鎮國公慕輿根為車騎將軍，負責運送糧草事宜；以陽鶩為後將軍，統帥十萬軍隊為後應，自己則領著剩下的二十五萬大軍為中軍。

四十萬大軍浩浩蕩蕩地向著潼關進發，聲勢滔天，震驚四邊。

與此同時，燕國使臣分別抵達了代國和涼國，兩國都表示願意出兵相助，於是，代王拓跋什翼犍派出五萬軍隊攻打秦國朔方郡，涼王張重華派五萬大軍攻打秦國隴西郡。

燕軍西征的消息很快便傳到泰山，唐一明聽到這個消息，興奮得不得了，高興地說道：「太好了，燕軍終於西征了！」

將軍府內，眾位將軍全部到齊。

唐一明抑制住內心的喜悅，定了定神，環視一圈，看到姚襄、姚萇等羌人站在其中，便問道：「姚軍長，燕軍西征，你有何打算？」

姚襄自從被派往泰山郡駐守後，便一直兢兢業業，將遷徙過去的十萬民眾治理得井井有條。此次來到泰山，他與唐一明也有個把月沒見了，一見面唐一明便首先詢問他的意見，讓他感到有點受寵若驚。

姚襄恭敬地答道：「大王，燕軍西征，浩浩蕩蕩首尾不能相顧，更接連涼、代兩國，看來這次秦國凶多吉少。只是，秦國一旦被滅，燕國就會成為首屈一指的北方霸主，到那時候，地位就更加無法撼動了，大王應該趁著燕軍西征之際，進吞青州、徐州以及泰山周邊地區，以為根基，也好為日後的發展打下基礎。」

唐一明思考道：「嗯，這事我醞釀很久，從去年燕軍攻打廣固之時我便已經在謀劃了，直到今天，想想也有半年了，能夠熬到這個時候，實在是不容易啊。只是，燕軍剛剛出發沒有多久我們就行動，未免有點太過冒險，不如再靜靜地等上一陣子，等燕軍和秦軍打得不可開交的時候，我們再發動對青州的進攻，或許會使燕軍無暇東顧。」

王猛立即站了出來，說道：「大王，燕軍雖然西征，可是也留下許多軍隊駐守青州和徐州，如果攻打，是無法在短時間全部佔領青州的，不如現在先派出小部分騎兵進行騷擾，一點一點地拖垮燕軍，一個月後，燕軍和秦軍也該打得熱火朝天了，那時候我們再發動進攻，肯定能夠事半功倍！」

「現在就派兵？是不是太早了點？」唐一明猶豫地問。

王猛搖搖頭，獻計道：「大王，你誤會我的意思了，派出騎兵，只跑不打，不時遊走於青州境內各郡縣之間，並非是現在就戰鬥，只要將部隊化裝成為晉軍就可以了，皇甫真知道境內有來歷不明的軍隊，肯定會派出軍隊四處堵截；我們只管跑，不與他們交戰，就是要使得青州境內的燕軍疲勞，就算知道是我們在搞鬼，可是我們沒有發動進攻，也算不上是與燕國為敵。」

「好，就依軍師的計策來辦。姚軍長，既然是騎兵的話，那這項任務還交給你來做，你可有信心？」唐一明問道。

「大王儘管吩咐，我老羌保證完成任務。」姚襄拍胸脯道。

「好，你記著，只需騷擾，不許交戰，要儘量保存實力。你的部下有兩萬鐵騎，將這兩萬人以營為單位，全部秘密散開到青州和徐州境內往來巡視，只求威懾，不求戰鬥。」唐一明令道。

姚襄點點頭，道：「大王放心，我老羌已經好久沒有出去溜達了，這次去，我老羌必定讓青州和徐州人人自危！」

「嗯，事不宜遲，你這就去安排吧，多帶點乾糧和水，記得每隔一段時間要回泰山補充一下，另外，對於境內百姓不可打殺，也不可搶掠，違令者斬！」唐一明正色吩咐道。

姚襄朝唐一明拱了拱手，道：「大王，屬下告退！」

「等等！大王，俺也想去！」陶豹突然高聲叫道。

唐一明見陶豹一臉興奮，搖搖頭道：「不，你不准去，你還有更加重要的任務！」

「什麼任務？」陶豹好奇地問。

唐一明沒有回答陶豹，對姚襄說道：「姚軍長，你去吧，泰山郡那裏，我會派王簡、王凱去治理！」

姚襄轉身走了，姚萇、姚益等一些羌人將校，也跟著姚襄離開。羌人一走，大廳內頓時少了許多人。

「羌軍也算是天下名騎了，雖然像姚襄、姚萇這樣出色的人物很少，但卻都是子弟兵，他們之間息息相關。這些羌人就如同一群狼，只要安撫了這隻頭狼，其餘的狼也就會跟著跑。看來以後我對待少數民族上還應該多多下點功夫才對，萬一這隻頭狼有了別的想法，那我就會失去了整群狼。」

唐一明看著離開的羌人，對於他的岳父姚襄仍感不太放心。自從讓他治理泰山郡以來，那些羌人對姚襄更加忠心了，卻忘記他們的一切都是唐一明給的，他也不得不在心中默默地想道。

陶豹見唐一明愣在那裏，急問道：「大王，你剛才說的是什麼任務？」

唐一明緩過神來，看了眼王猛，道：「讓軍師跟你說吧。」

王猛抖擻了一下精神，說道：「前些日子大王派我去泰山郡見姚襄，並且把一些糧食、布匹運到那裏，我看到遷徙過去的百姓們被姚襄治理得井然有序，百姓們也對他無不稱讚。但是，你們都知道姚襄是羌人，遷徙過去的民眾也有絕大部分都是姚襄舊部，如果姚襄一直待在泰山郡的話，恐怕日子久了會生出一些雜念來，為此，大王和我認為不得不防。」

王凱建言道：「大王，軍師，這樣做本來就是無可厚非的，此次姚襄出征，我們正好可以利用這次的機會對羌人進行分化，將原先的那十萬百姓分批遷徙到泰山來，再從泰山遷去相等人數的百姓，將羌人按照戶籍編制，分別安排到漢人的中間，大王以為如何？」

唐一明聽後，覺得王凱說得很有道理，也很符合他心中的想法，便哈哈地笑了起來，說道：「這和我想的差不多，這樣一來，不僅可以對羌人逐漸進行分化，他們之間聯繫少了，也自然不會再像以前那樣聯繫緊密了。先前我已發佈了胡漢通婚令，這次我還要再發佈一次，讓漢羌之間的聯繫逐漸緊密起來。另外，再開設一個學堂，教那些羌人認字讀書，讓羌人都來學堂學習學習咱們漢家的文化，慢慢地進行薰陶，他們也會漸漸地脫去舊的習俗的。王凱，你這幾天在所管轄的境內多招募一些認識字、讀過書的人，無論男女老幼都可以當教書先生！」

王凱喜道：「大王想得真周到，屬下今天就去辦。」

「陶豹，你不是問我要交給你什麼重要任務嗎？現在我就告訴你，此次將羌人遷徙到漢人堆裏，肯定有人會不樂意，可能還會出現一些鬧事者，你的任務就是帶人進行巡視，凡是發現鬧事者，就將他們帶來交給軍師，讓軍師親自處理，知道了嗎？」唐一明吩咐道。

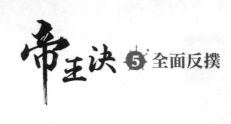

陶豹想了想，問道：「要是他們反抗呢？那俺能把他們抓起來嗎？」

唐一明搖搖頭，道：「你可千萬不能莽撞，這次遷徙本來就會使一些人不樂意，你要是再一抓人的話，可能會激起民變。這項任務一定要大家相互配合，王簡、王凱，你們全權負責泰山郡的事，處理事情上也一定要得法，我不想讓姚襄認為我是在坑害他的百姓，你們知道嗎？」

「是，大王！」王簡、王凱、陶豹齊聲回答。

唐一明扭頭對王猛說道：「軍師，麻煩你寫一道搬遷令，要寫得委婉些，要讓姚襄感到我們是在為羌人著想，而非是讓他感到我們是在分化羌人。這件事，在場的人都要嚴加保密，我不想聽到任何閒言閒語。李老四，你能守口如瓶嗎？」

李老四聽到唐一明這樣問，其他人的目光瞬間移到他的身上，急忙說道：「你們都看著我幹什麼？我平時是愛說三道四的，可是在大事面前，我可從來都是守口如瓶的。」

「好了好了，我們只是有點擔心你，怕你嘴快說漏了。既然你可以守口如瓶，那就沒有什麼問題了；不過，如果你要是流出一個字的話，那你的腦袋也就留不住了，懂嗎？」唐一明表情嚴肅地道。

李老四道：「我還沒有活夠呢，還不想那麼快就死！大王放心，我一定守口如瓶！」

唐一明聽了，滿意地道：「嗯，你們一定要相互配合，大家共同努力，將這件事辦好，事成之後，我會在功勞簿上給你們記上一功的。好了，你們都下去吧，金勇、張亮、趙全，你們三個人留下！」

「屬下告退！」

眾人退去，大廳內剩四個人，唐一明看了看站在他面前的金勇、張亮、趙全三人，笑道：「你們三個先後跟著我也有好長一段時間了吧？」

趙全率先答道：「啟稟大王，我是在黃河渡口跟隨大王的，算起來，也有大半年了。」

唐一明道：「嗯，金勇是在濟南城就開始跟隨我的，張亮來得最晚。這麼久以來，我一直沒有好好地對待你們三個人，平常公務繁忙，也沒有顧得上聊聊，還好你們三人都對我不離不棄，讓我深受感動。我在後院備下一頓飯菜，讓我好好地慰勞慰勞你們。」

第三章

關中雙英

皇甫真問：「王爺，您說的是符雄和鄧羌嗎？」
慕容軍點點頭道：「關中雙英除了他們還能有誰？
一個是智計過人，一個是萬人難敵，
此二人若是能為我大燕所用的話，何愁西北不定！
可惜這兩人現在卻成了我軍的宿敵。」

三人來到後院。將軍府後堂的庭院中，擺放著一張圓桌，桌上擺滿了各式各樣的菜。這些菜肴雖然不是什麼山珍海味，可是在糧食日益緊張的泰山上卻顯得彌足珍貴，也更加顯得豐盛無比。

「坐吧！」唐一明招呼三人。

「多謝大王！」三人答道。

唐一明道：「雖然不是什麼山珍海味，卻是我的一點心意。這些菜都是我讓內人親手做的，你們嘗嘗合不合口味？」

金勇、張亮、趙全三人紛紛拿起筷子，夾了些菜肴。

「可惜這裏沒有酒，不然的話，我肯定會好好地宴請你們一番。」唐一明嘆道。

金勇放下手中的筷子，問道：「大王如此厚待我等，倒教屬下有點受寵若驚了，大王要是有事要吩咐的話，儘管吩咐，屬下定當竭盡全力把事情做好。」

唐一明呵呵笑道：「聰明，不愧是來自晉朝的人。眼下燕軍西征，國內空虛，我軍除了借此機會佔據青州、徐州外，還要到晉朝瞭解一些情報，所以，我想派你們三個人去一次晉朝，不知道你們願意不願意？」

金勇道：「大王，我本來就是晉人，大王派我回晉朝，屬下沒有任何怨言。」

「那你們兩人？」唐一明看著趙全和張亮，問道。

趙全點頭道：「大王，屬下雖然不是晉人，可是也願意去晉朝替大王搜集情報！」

張亮附和道：「大王，屬下自從跟隨大王，尚未立過功勞，大王此次派屬下前去，是在給屬下立功的機會，屬下感激不盡，又怎麼會拒絕呢？」

唐一明聽了，滿意地道：「好，很好！你們都是我的好兄弟。不過，這件事事關重大，恐怕這一去就不會再回來了，你們還願意去嗎？」

金勇、張亮、趙全三人異口同聲地回答道：「為大王而死，我等雖死無憾！」

唐一明擺手道：「誰讓你們去死了？我是讓你們去晉朝安家落戶，從此就住在晉朝，不再回來了！」

三個人面面相覷，不太懂唐一明的話意，用迷茫的眼神望著唐一明。

唐一明解釋道：「我準備讓你們三個人帶著五百精明的人去晉朝，並且帶上一定的金銀在晉朝安家落戶，以經商為名，實則刺探晉朝的情報。自從燕國有了一個常煒秘密給我們傳送情報之後，我深深地發現了這個好處，晉朝疆域廣大，佔據淮河以南的大片土地，而且國內繁華似錦，物產豐富，可是我們對晉朝卻沒有多少瞭解，好比晉朝軍隊如何，何人掌權，百姓是否安樂，我們都無從知道，所以我派你們過去，為的是刺探情報，在晉朝設立一個秘密的情報處。」

「原來如此，大王想得真是深遠，一旦以後我們佔領青州和徐州，必然會和晉朝相鄰，知己知彼，百戰百勝，只要知道晉朝的動向，那我們也就好動作了。」金勇大感佩服道。

唐一明點點頭，道：「泰山上的府庫中有大批的金銀珠寶，放在這裏也沒有什麼用處，你們可以全部帶走，拿到晉朝去，沿途賄賂燕軍和晉軍的守軍，只要能夠安全到達晉朝，就是大功一件。另外，你們扮作商人潛入建康暗中搜集到情報後，不要傳回泰山，以免讓晉軍起疑。你們也可以暗中賄賂貪官污吏，只要能夠立足下來，都可以大施手腳，懂了嗎？」

趙全問道：「大王，搜集了情報，不傳回來，那不是白搜集了嗎？那大王又怎麼會知道晉朝的消息呢？」

唐一明道：「你們放心，只要你們在建康安定好，少則兩三個月，多則半年，我一定會親自到建康與你們一會！」

金勇吃驚地問道：「大王，你也要去晉朝？那……那泰山誰來治理？」

唐一明解釋道：「我不是說了嘛，少則兩三個月，多則半年，在這段時間內，我會竭盡全力地攻打青州和徐州，使徐州和青州逐漸安定下來，並趁機處理政務，等到和燕國達成了協議，我就會揚帆出海，從水路到建康與你們一會。另外，也可以在建康尋找通商的契機，這是我早早就謀劃好的，所以你們只需要按照我的吩咐進行，等我去了建康，見到大家，你們搜集的情報我自然會一清二楚！」

張亮立即恭維道：「大王智計過人，屬下算是領教了。大王放心，我等一定不會辜負大王的重託！」

唐一明點頭道：「很好，這幾天你們就準備準備，至於你們所需要的物品和人手，我都為你們準備好了。來，吃菜，吃菜！」

三天後，將軍府。

「大王，所有的偵察兵都準備就緒，只要大王一聲令下，已經秘密潛伏到青州各個郡縣的羌人，就會同時出沒在青州黃河以南境內。」偵察連長關二牛站在將軍府的大廳中，朗聲報告著。

唐一明聽了，便對關二牛吩咐道：「好，你立刻吩咐下去，明晚子夜，所有人同時出動驚擾燕軍，一定要讓皇甫真見識一下我的騷擾戰術！」

關二牛領命而去。

大廳內，王猛正在執筆而書，他的面前攤開一塊很大的布，筆走龍蛇，洋洋灑灑地寫下密密麻麻的字體。

唐一明走到王猛身邊，看到王猛書寫的筆墨，稱讚道：「軍師，你的書法堪稱一絕啊。」

王猛嘴角浮起笑容，謙虛地道：「大王過獎，只不過是隨便書寫的草字而已，登不上大雅之堂。」

過了一會兒，王猛將毛筆放在筆架上，吹乾墨跡，說道：「大王，屬下寫完了，請大王過目！」

「過什麼目啊，軍師寫的我還能不放心嗎？」

其實是唐一明根本看不懂，也就懶得去看了。

王猛道：「大王對屬下如此信任，屬下感激不盡。這張搬遷令的大致內容是說泰山郡苦寒，物產很少，不如泰山上住著舒服，為了體恤羌人，大王頒佈搬遷令，讓漢人和羌人互換住地，以彰顯大王的恩義！」

唐一明笑道：「好，如此一來，應該可以說服羌人了，就頒發下去吧。」

王猛退出大廳，迎面撞上金勇、張亮、趙全三人。

「快進去吧，主公還在裏面等著你們呢。」王猛手中拎著那張搬遷令道。

「屬下參見大王！」三人進了大廳，齊聲喊道。

「免禮，你們都準備好了嗎？」

金勇道：「一切都已準備妥當，所有的金銀珠寶也都裝車，藏起來了。」

唐一明聽了道：「很好，不過人心隔肚皮，你們一下子帶了這麼多的金銀珠寶，難保路上不會有人動心，這樣吧，為了確保萬無一失，你們將那五百人全部召集起來，帶到後山的山洞，在山洞附近的草叢裏放上一些財物，但凡看見那些財物的，不管撿還是不撿，都把他們帶來，我要親自詢問。你們就遲一天出發吧，也跟朋友和家人好好道別一下！」

「是！」三人回道。

金勇、趙全、張亮便按照唐一明的囑咐，將人聚集在後山的山洞裏，並且將金銀珠寶放在路邊的草叢裏，但凡看見的人，都被帶到了將軍府。

將軍府內站了十幾個人，唐一明環視著這些人，盤問道：「你們都看見那些金銀珠寶了？」

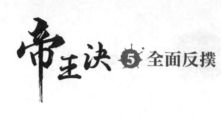

那十幾個人答道：「是大王，我們都看見了。」

「那為什麼不去將那些金銀珠寶給撿起來呢？你！從你先開始回答！」唐一明隨手指了其中一個男子，問道。

被點名的男子回道：「啟稟大王，那些金銀珠寶雖然美好，可是對我來說卻沒有什麼用，又不能當飯吃，所以我就沒有撿了。」

唐一明點點頭，又指著旁邊的一個漢子問道：「你和他想得一樣嗎？」

「不，俺和他想得不一樣。俺雖然看見那些金銀珠寶了，可是俺知道那些金銀珠寶並不是俺的，萬一俺撿起來，失主找了過來，說是俺偷的，那俺就是有嘴也說不清楚了，所以俺沒有拿。」漢子說道。

「你呢？又為什麼不撿？」唐一明隨手又指著一個人問。

那人回道：「俺記得大王說過，大王最恨別人偷盜，而且軍法中也有規定不許偷盜，那些金銀珠寶雖然是放在路邊，可是俺能看見，表示別人也能看得見，所以俺不想違反軍法，更不想讓人誤會！」

緊接著，每個人都說了自己沒有拿的理由，大致和前面幾個人的理由差不多。

唐一明聽後，哈哈笑道：「好啊，你們都是我的好士兵，都不貪財，我要的就是你們這種精神。好了，你們都下去吧，準備準備，明天一早跟著商隊出發！」

「大王，我等告退！」眾人異口同聲地回答道。

眾人陸續退出了大廳，唐一明對金勇說道：「你們帶著這樣的士兵上路，絕對萬無一失了。天色也不早了，你們就趕緊回去休息吧，明天一早出發。」

二月二十，以金勇為首，趙全、張亮為輔的「商隊」從泰山出發，一路向南，直奔晉朝國都建康。

同天，搬遷令正式實施，在眾人的協調下，將居住在泰山郡的六萬羌人遷徙到泰山，按照戶籍編制，分別編排到漢人百姓中，開始了胡漢雜居的局面。

由於胡漢通婚的實施，加上打著讓羌人過上好生活的說詞，這次搬遷十分順行地完成。

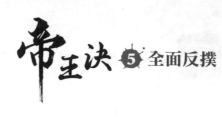

廣固城。

段龕所建立的齊王府依然屹立在廣固城中，也依然是那樣的雄偉。唯一不同的是，在原本的齊王府上空飄蕩的，卻是大燕的旗幟，齊王府也更名為刺史府。

「得得得……」

一匹快馬從城外飛馳而來，一邊狂奔，一邊大聲喊道：「急報！急報！急報！」

聽見喊聲的人，立刻閃躲到一旁，給那匹快馬讓開一條暢通無阻的大道，騎士快速地奔向刺史府。

刺史府中，皇甫真一手指著攤在桌上的地圖，一邊對身邊的慕容軍說道：「王爺，昨天剛剛收到戰報，吳王率領五萬前軍在弘農打破秦軍，殺敵一萬，俘虜一萬五千人，如今西征大軍正向潼關進發。」

慕容軍身材魁梧，臉上顴骨很高，眼眶深陷，讓人見了不自覺會有一種不寒而慄的感覺。慕容儁稱帝後，封他為襄陽王，他也是燕國八大將之一。

慕容軍為人低調，雖然與慕容評同為皇叔，卻沒有慕容評那樣囂張跋扈，更沒有盛氣凌人的氣焰，十分謙卑。正是因為如此，他才能夠一直手握少量兵權，也經常為慕容恪所倚重，與皇甫真一起成為慕容恪的左膀右臂。

慕容軍聽到皇甫真的話，緩緩說道：「秦軍退守潼關，憑藉天險，易守難攻，看來大將軍此次若想攻破潼關，要多費一些腦力了。秦國有關中雙英，一相、一將，如果兩人都同時拒收潼關的話，恐怕大將軍攻打起來會十分不易。」

皇甫真問道：「王爺，您說的是符雄和鄧羌嗎？」

慕容軍點點頭，道：「關中雙英除了他們還能有誰？一個是智計過人，一個是萬人難敵，此二人若是能為我大燕所用的話，何愁西北不定！不過可惜啊，這兩人現在卻成了我軍的宿敵。」

皇甫真不屑地道：「我看這兩人多半是被吹噓出來的，如同他們真的有那麼厲害的話，涼國早就被秦國給吞併了，還會等到今天涼國夾攻秦國嗎？」

慕容軍冷笑道：「將軍好大的口氣，當時大將軍應該把你也帶去西征，讓你會一會鄧羌和符雄，你就知道他們的厲害了。」

「王爺，你何必長他人志氣滅自己威風呢？您老可別忘記了，吳王才是天下第一，有他在，管他什麼鄧羌、符雄的，還不是統統都要死在他的戟下？」皇甫真不服氣地道。

慕容軍道：「算了，我不和你爭了，大將軍讓我留在青州輔佐你，那我們就該盡心盡力，好好地治理青州，青州安定了，大將軍西征才會沒有什麼後顧之憂。」

「急報！急報！」

此時突然傳來一陣快報，皇甫真、慕容軍聽到叫喊，兩人的心頭都是一驚。

不多時，一個斥候便進入大廳，跪在地上報告道：「將軍，不好了，昨夜子時，一夜之間，東萊、北海、樂安三郡同時出現大批騎兵，三郡駐軍紛紛惶恐不安。」

「這怎麼可能，沒有聽說青州境內還有山賊啊？那些人打的是什麼旗號？」皇甫真立即問道。

斥候答道：「天色太暗，看不清楚，不過有人似乎隱約看見打的是漢軍的旗號。」

「漢軍？難道是唐一明？這個挨千刀的，難道是趁著大將軍西征準備謀反不成？」皇甫真怒道。

慕容軍對斥候道：「你一路辛苦了，先下去休息休息，我和刺史自會處理此事！」

「是，王爺！」

斥候出了大廳，慕容軍轉身對皇甫真說道：「看來唐一明果然不是個會久居人下的人，此次行動就在我們的眼皮底下，我們卻毫不得知，行軍之神秘實在讓人匪夷所思！」

皇甫真忍不住大罵道：「王巴羔子的！我這就提兵四萬去攻打泰山……」

「報……」又一聲喊打斷了皇甫真的話。

大廳外又來了一名斥候，一進大廳便跪地拜道：「將軍，東萊、北海、樂安三郡郡守上表，聲稱三郡已經被漢軍羌騎包圍，乞求將軍派兵增援！」

「他娘的，又是姚襄的羌騎，他們來了多少人馬？」皇甫真恨恨地問道。

斥候小心地答道：「城外旌旗密佈騎兵漫山遍野，不知道來了多少人！」

慕容軍聽了，擺擺手道：「你先下去休息吧，我和刺史自會處理！」

「報……」

緊接著又來一名斥候，跪道：「將軍，昨夜漢軍羌兵突襲東萊、北海、樂安三郡未果，已經退卻，三郡太守懇求大將軍派兵到三郡，以防再次被驚擾。」

就這樣一小會兒工夫時間，便接連三道急報，讓皇甫真聽了有些招架不住，一頭霧水。

慕容軍淡淡說：「我問你，三郡百姓可有傷亡？」

斥候回道：「啟稟王爺，三郡百姓、駐軍並無傷亡，漢軍羌兵圍城一會兒便不戰自退了。」

慕容軍道：「知道了，你下去休息吧！」

皇甫真不禁叫道：「這他娘的算哪門子事啊？唐一明到底想幹什麼？」

慕容軍皺著眉頭陷入了沉思，目光中透出一絲犀利，分析道：「我看唐一明是想騷擾我們，讓我們在青州感到恐慌，他們並不交戰，力求引出我軍，跟著他們的屁股後面跑。唐一明是個聰明人，知道現在和燕軍開戰不利於他們，何況青州駐軍雖然少，卻個個都是精銳；大將軍臨走時曾經說過要提防唐一明，必要時可以連同徐州駐軍再次進行圍山。」

皇甫真聽了慕容軍的分析，點點頭，道：「既然漢軍想拖垮我們，那我們就將計就計，反過來拖垮漢軍！」

慕容軍聽了，問道：「小將軍，你有計策了？」

皇甫真點點頭道：「有王爺在這裏，我就有辦法對付漢軍。如今廣固城內有駐軍三萬，濟南城有兩萬，其餘地方的駐軍都不是正規軍，我們不用管他們，反正漢軍不會攻城掠地，那我們就跟漢軍玩玩！」

慕容軍道：「小將軍，不知道你要怎麼跟漢軍玩？」

「漢軍不是讓我們追著他們嗎？那我就追給他們看看，將他們圍堵到高密，然後將其包圍。漢軍羌騎不過兩萬多而已，我只需要出動兩倍於他們的士兵，就可以將他們圍堵起來了。」皇甫真提議道。

慕容軍聽了，沉默不語。

「王爺，你覺得此計如何？」皇甫真問。

慕容軍看了皇甫真一眼，道：「小將軍，你想聽實話嗎？」

皇甫真道：「王爺直說無妨。」

慕容軍緩緩道：「我認為不妥，不如堅守城中，避而不戰，儘管讓漢軍前去撲騰就是了，他們長途奔跑，就算人不累，馬也會累，何況他們又進行來回運動，小將軍就算大軍出動，也未必能夠將其圍堵到一起。」

皇甫真年輕氣盛，聽了慕容軍的話，不屑地說：「王爺，你是不是太高估漢軍了？憑我手中的精銳之師，要圍堵這些漢軍完全是輕而易舉的事。」

慕容軍語重心長地道：「楚季，你怎麼不懂得大將軍的良苦用心呢？」

皇甫真一向很尊敬慕容恪，對慕容恪更是忠心耿耿，此時聽慕容軍說起慕容恪來，便問：「王爺，你說什麼？」

慕容軍教訓道：「我說你怎麼不能理解大將軍的良苦用心！你年輕氣盛，不免好勇鬥狠，這樣和一名莽夫有什麼不同？你知道大將軍為何不帶你西征嗎？」

「還請王爺賜教！」皇甫真道。

慕容軍道：「老夫雖然被陛下封為八大將軍，也受封為襄陽王，可是襄陽還在晉朝手中控制著，我這個王爺也是徒有虛名罷了。你年紀輕輕就與我並列為八大將軍，可見陛下和大將軍對你的重視；你現在還年輕，以後的路還很長，大將軍此次西征之所以不帶你去，是因為要考驗你。大將軍豈會不知泰山漢國是個後患？本來陛下準備派孫希來鎮守此地，可是大將軍卻始終堅持讓你鎮守，為的就是讓你多磨煉磨煉，希望你能在鎮守青州的同時，成為獨當一面的將軍。」

皇甫真聽後，心中立時湧起一腥熱血，對慕容恪更加尊敬了。

他激動地說道：「王爺，你放心，我以後一定要成長為一個能獨當一面的將軍，一定要向大將軍學習！」

皇甫真雖然是八大將之一，可是單獨領兵的次數很少，反而因常跟隨在慕容恪身邊，按照慕容恪所指示的去做，所以在智謀方面欠缺一二；此次慕容恪之所以不帶著皇甫真西征，反把他放在青州鎮守，就是想訓練他成為能獨當一面的將軍。

慕容軍用兵老道，才智亦高出皇甫真許多，此次給皇甫真當副將，他也沒有任何怨言。慕容恪的良苦用心，他又怎麼能不明白呢?!大燕國缺少獨當一面的大將，眼見大燕疆域日益擴大，如果不用力培養一些大將之才，等老一輩的去了，新的一輩又拿什麼來守衛國家？

「嗯，你有這份心就好了，也不枉大將軍對你的一番栽培了！」慕容軍滿意地說道。

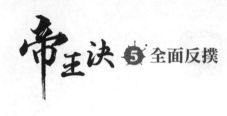

皇甫真向慕容軍拜了拜，道：「王爺，末將剛才有所冒犯，還請王爺不要見怪！」

慕容軍笑道：「你是主將，我是副將，哪有主將給副將行禮的道理？」

皇甫真誠心地道：「不！王爺是長輩，楚季是晚輩，晚輩給長輩行禮，是天經地義的事。晚輩不才，甘願聽從王爺調遣。」

慕容軍連忙擺手說道：「不不不，你是主將，你怎麼能聽我的調遣呢？軍中有軍中的規矩，我身為副將，理應給你出謀劃策，再說，這是大將軍的安排，你若是什麼都聽我的，自己沒有一點主見的話，那大將軍豈不是白栽培你了？」

皇甫真覺得慕容軍說得有理，便道：「王爺，你說話總是那麼讓人信服，剛才王爺的話就不錯，我願意採納，避而不戰！」

慕容軍道：「楚季，你等著吧，此計若是漢軍失算了，恐怕會另想他法，漢軍可不是省油的燈啊。不過，你千萬要記住，漢軍不主動向我軍開戰，我軍絕對不可以先向漢軍開戰！」

皇甫真思索了一下，道：「王爺，我懂了，畢竟漢王是我朝的駙馬爺，也是陛下的妹夫，公主又在泰山，如果我們先開戰，就有失道義了，而漢軍向我們開戰，就意味著反叛，我軍有權派兵平叛，對嗎？」

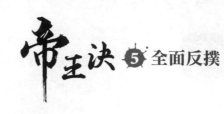

慕容軍讚道：「聰明，一點就通。照這樣下去，不出兩年，你必然能成為大燕國新一代的名將！」

「承蒙王爺吉言。」皇甫真低頭拜道。

「來人啊，傳我將令，命各軍嚴加防範，各郡守也要加強戒備，一旦發現有可疑人群出現，就關閉城門，避而不戰。」皇甫真衝門外喊道。

慕容軍聽在耳朵裏，心裏對皇甫真也非常欽佩，默默地想道：「看來大將軍果然有識人之能，皇甫真若是能夠冷靜下來，謹慎一點，也不失為是一員虎將！」

第四章

太公釣魚

王猛定睛一看，但見魚鉤是筆直的，便笑道：
「大王原來是想學姜太公啊。」
唐一明緩緩道：「太公釣魚，願者上鉤。
我不是姜太公，更不是想釣魚，
而是想享受一下釣魚的過程，
順便思索一下怎麼樣才能釣到真正的大魚！」

二月十六，一個清冷的黑早，太陽還沒有出來，東方山後的天上，幾片濃雲薄如輕綃的邊際，襯上了淺紅的霞彩。

過一陣，山峰映紅了。又停一會兒，火樣的圓輪從湛藍的天海湧出半邊，慢慢地完全顯露它龐大的金身，通紅的火焰照徹大地，紅光又逐漸地化為純白的強光。一天，就這樣悄然地開始了。

天色大亮，泰山上也逐漸變得熱鬧起來，每家每戶的百姓紛紛走出房門，扛著鋤頭、鐵鍬，分別向山上和山下的農田走去。

唐一明沿著月牙湖畔繞行一圈，他的目光一直盯著湖面，透過極為清澈的湖水，可以看到湖水下歡快游動的魚群。魚群經歷過一個嚴寒的冬天，當寒冬過去，冰面融化的時候，牠們在水中的熱情舞蹈，讓人看了總會覺得很是欣喜。

唐一明向前走沒兩步，停在月牙湖畔的一個彎角處，看了看周圍的地形，然後嘴角揚起一絲淡淡的笑容，自語道：「嗯，這裏可以變成一個魚塘！」

正思索時，唐一明聽見一陣急促的腳步聲。聲音快速渾厚，扭頭一看，是一張極為熟悉的面孔，他衝來人揮了揮手，喊道：「大黃，你怎麼來了？」

來人正是黃大，他兩袖清風，踏著穩健的步伐來到唐一明身前，向唐一明敬了個軍禮，表情怪異地說道：「大王，姚襄帶著羌人回來了，只是……」

「只是什麼？」唐一明見到黃大的表情，急忙問道。

黃大報告道：「姚襄沒能取得預想的效果，皇甫真太精明了，所以沒有上當，他躲在城裏，無論我們的軍隊在外面怎麼叫囂，他們就是不願意出來。就連其他各郡縣的城池也都是大門緊閉，所有百姓全部遷徙到了城裏不允許外出。」

唐一明聽到這裏，不自覺地抬起右手，輕輕地撫摸著下巴，腦中思索了一番，道：「看來皇甫真是學精明了，有道是『近朱者赤，近墨者黑』，他跟我們打了這麼多次仗，肯定有所長進，不然的話，慕容恪又怎麼能放心將整個青州交給他鎮守？」

黃大聽到唐一明說得半文不白，納悶地問道：「大王，什麼叫做『近朱者赤，近墨者黑』？我聽不懂。」

唐一明解釋道：「很簡單，就是說跟著聰明的人在一起，時間長了，你也會變得聰明起來；同樣地，跟愚笨的人在一起太久，也會變得愚笨起來。這下你懂了嗎？」

黃大笑道：「懂了。大王，那現在我們怎麼辦？」

唐一明道：「既然皇甫真聰明了，那我們就不必再這樣做了，因為無論我們怎麼做，他都不會上當的。不過，我想這次姚襄他們能同時在青州境內出現，也足以使得青州百姓人人自危。此事也會引起皇甫真的重視，他肯定會加強防範，再派他出去的話，恐怕就有困難了。你去告訴姚襄，讓他帶著部隊屯駐泰山郡，泰山城還交給他治理，現在是春耕的季節，主要發展農業，種植農田，其他的事都暫且擱下，我想皇甫真不會輕易向我們發起進攻的。」

黃大聽了，立即道：「我這就去把命令傳達給姚襄！」

「等等，姚襄知道羌民被遷徙到泰山上的事嗎？」唐一明見黃大轉身要走，喊住他道。

黃大點點頭：「姚襄已經知道了。」

「他怎麼說？」唐一明問。

黃大回說：「姚襄說大王如此做法，是對他們羌人的優待，他沒有任何意見。另外，他讓屬下轉告大王，他希望將掌管下的羌軍全部交給大王管理，不再獨自領兵在外，他願意接受大王所制定的一切軍法和軍規。」

「哦？姚襄真是這麼說的？」唐一明不敢相信地道。

黃大肯定地說：「對，他說他難得遇見一個明主，他所帶領的羌人雖然跟隨他許久，卻從未有過如此安定的生活，他們顛沛流離的時間太久了，太需要一個如此安定的生活來維持部族的發展。」

唐一明有些慚愧地說：「我如此防備姚襄，哪知姚襄卻如此對我，倒顯得我有點不夠大度了。看來姚襄是真心投靠我，沒有二心啊。」

黃大附和道：「大王，自從姚襄帶著羌人進駐泰山以來，一直竭力維護漢羌之間的關係，生怕彼此間會出現什麼隔閡，軍師也曾說過，姚襄是治國的人才，可以委以重任。」

「你不再像以前那樣恨羌人了？」唐一明笑問。

黃大搖搖頭，說道：「大王，以前我擔心羌人會作亂，怕留著他們成為後患，現在既然知道了羌人的誠意，自然應該以德報怨，不能冷落了羌人。軍師說過，天下之大，最難收服的便是人心，一旦人心歸附，又何愁天下不定呢？」

唐一明看著眼前的黃大，此情此景，讓他無法想像第一次見到黃大時的模樣，那時候，黃大還只是個為了填飽肚子而打仗的乞活軍士兵，能懂得什麼大道理？可是現在再看看他，他的身上無處不透著一股朝氣，不單單是他的思維方式發生了變化，就連見識也非比以往。

唐一明伸出手，在黃大的肩膀上輕輕地拍了拍，鼓勵他道：

「大黃，咱們在一起出生入死那麼久，每一天我都看著你在成長，希望你能保持下去，不管是為人處世，還是在對待敵人上，都務必要做到獨當一面。我不求你能把軍師的智謀全部學會，只要你能學成他的五分之一，以後就能成為獨當一面的大將，或許也能像姚襄那樣，獨立治理一片地方。」

黃大見唐一明的眼神裏充滿了關切和期許，重重地點了點頭，誠懇地答道：「大王，你儘管放心，屬下一定會成為大王心中所期望的那樣。」

「嗯，那你去吧，告訴姚襄，好好治理泰山城，讓王簡、王凱給他當副手，姚萇、姚益就還率領著他們的部隊駐守泰山城，一來可以保護城中百姓，二來也可以隨時出征，不必再走山道那麼麻煩了。」唐一明吩咐道。

如今已是二月中旬，春耕是十分重要的，被大雪覆蓋長達幾個月的麥苗得到了充分的水分，漸漸地從地底下向上爬，越爬越高，逐漸破土而出，成為一片片綠油油的良田。

北方鄉村的傍晚，當晚霞消退之後，天地間就變成了銀灰色。乳白的炊煙和灰色的暮靄交融在一起，像是給牆頭、屋脊、樹頂和街口都罩了一層薄薄的玻璃紙，使它們變得若隱若現，飄飄蕩蕩，很有幾分奇妙的氣氛。

小蠓蟲開始活躍，成團地嗡嗡飛旋；布穀鳥在河邊的樹林子裏，用啞了的嗓子鳴叫著，又不知道受了什麼驚動，拖著聲音朝遠處飛去。

一天就這樣過去了，白天在田間地頭忙碌著的人們都紛紛歸家，他們帶著疲憊，臉上卻顯得很是歡喜，這樣的生活本就是他們最為希望的。

夜幕降下，月亮逐漸升起，掛在高高的枝頭上。用它皎潔又暗弱的光芒代替著白天的太陽，繼續普照著大地。

將軍府中的庭院裏，唐一明、李蕊、姚倩、慕容靈秀全部坐在一張圓桌前，桌子上擺放著水果還有幾道菜肴，四個人有說有笑，看來其樂融融。

自從上次唐一明確定了李蕊王妃的身分後，姚倩、慕容靈秀對李蕊都尊敬起來，雖然彼此間還有點隔閡，但是礙於唐一明的面子便沒有發作，努力保持著美好和睦的景象。

半個月後，三月初一，春耕忙完之後，所有的百姓都回到原來的崗位上，繼續過著恬靜的生活。

陽春三月，春意盎然，處處都是綠色，山林裏原本的蕭條逐漸恢復了生機，一經春風吹過，樹葉擺動，猶如層層波浪。

月牙湖畔，建起了幾座木屋，木屋周圍拴著幾條漁船，一些人正在將漁網撒向湖水中。

「趙六！你他娘的還在那邊幹什麼？快駕船過來，那邊的魚前幾天都讓你快給抓完了，你再這麼抓下去，魚都要絕種了，我們以後還怎麼改善生活？」陶豹站在一條小船上，手中揮動著一張漁網，說話間順手撒了出去。

湖面上有六條小船，劉三、陶豹、孫虎、宇文通、趙六各占一條，另外一條小船上，唐一明親自駕駛著，慢慢地划到了湖中央。

趙六本來在泰山南麓守衛要道，自從泰山郡成了唐一明的封地後，南麓的要道也就不用再守了，於是他將趙六調到山上來，負責訓練新兵。

趙六聽到陶豹的喊叫，便不樂意地道：「大王說了，這些都是去年養的魚，凡是漁網裏還沒有三寸的魚我都放生了，況且我又不是什麼魚都抓，你是不是害怕我抓的魚比你的多，所以心裏不平衡啊？」

「俺才不是呢！俺是響應大王的號召，生態要永續發展，不能把魚抓完了，你他娘的一連在那裏捕了三天的魚，今天還要在那裏捕，魚豈不是都要被你捕絕了？」陶豹不服地道。

「哼！你就是怕我抓的魚比你多，你一連輸了三天，怕今天也輸給我，對不對？你要是承認的話，我今天就讓讓你，讓你勝我一次，如何？」趙六挑釁道。

「呸！俺才不讓你讓咧！俺有手有腳的，幹什麼要你讓啊？你等著瞧吧，總有一天俺抓的魚會超過你！」陶豹哼聲道。

「好了！你們兩個都別叫了，沒有看見大王正在那邊釣魚嗎？」劉三將船划到了陶豹和趙六的船中間，訓斥道。

「劉師長！這可不怪我，是陶豹他先叫嚷的！」趙六提起一根長長的櫓，將其中一頭插在湖水裏，用力一划，駕著船來到劉三的身邊，大聲說道。

劉三冷眼看著趙六，說道：「無風不起浪，你也脫不了干係，不就是抓個魚都能鬧成這樣，那以後要是做什麼其他大事的話，你們豈不是要鬧翻天了？」

趙六當即衝船上的陶豹喊道：「喂！你聽見沒有？劉師長發話了，讓你以後收斂一點，你可別忘了，我是你的師父，沒有我，你又怎麼會學會游水呢？」

陶豹一時詞窮，支吾地說道：「誰……誰是俺師父了……游水……游水是俺自己練習的結果，你可從來沒有幫過俺！」

孫虎、宇文通聽到，紛紛笑了起來。

「好了好了，你們都不要再說了，你們也都累了，快點到岸上休息吧！」

唐一明手中拿著魚竿，對遠處的陶豹等人大聲喊道。

陶豹、劉三、趙六、孫虎、宇文通五人聽了，分別駕船朝岸邊駛去，唐一明看他們滿載而歸，臉上露出了笑容。

五人叫來岸邊的士兵，將船上的魚一一卸了下去。那些新鮮的魚一離開船艙的水池，魚尾便使勁地擺動，蹦得岸邊到處都是水，士兵們費了好大力氣才將這些魚全部抓起來。

「哈哈哈！你們又打了這麼多的魚啊。」王猛從遠處走了過來，看見滿地蹦跳的魚，高興地說道。

「參見相國！」劉三、陶豹、孫虎、趙六、宇文通五個人齊聲叫道。

王猛擺擺手道：「免禮！」對劉三說道：「你駕船送我到大王

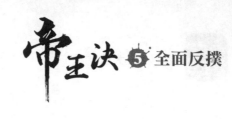

那裏去，我有點事想和大王商議！」

劉三便駕船將王猛送到湖中央。

「軍師，你怎麼來了？」唐一明正在垂釣，見身後一條小船駛來，船上坐著王猛，不禁問道。

兩船相交，王猛上了唐一明的船，朝劉三揮揮手，劉三便將船划回岸邊。

「大王今天好雅致啊，不知道釣了幾條魚？」王猛問道。

唐一明嘿嘿一笑，將身邊的魚簍給拿了過來，給王猛看。

「一條都沒有釣到？」王猛驚道。

唐一明將魚簍放下，收起魚竿，拿起魚鉤，對王猛道：「軍師，你看！」

王猛定睛一看，但見魚鉤是筆直的，便呵呵笑道：「大王原來是想學姜太公啊。」

「太公釣魚，願者上鉤。我不是姜太公，更不是想釣魚，而是想享受一下釣魚的過程，順便思索一下怎麼樣才能釣到真正的大魚！」唐一明緩緩道。

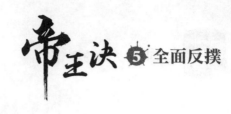

「大王，如今春耕已經結束，軍隊也休息了半個月，我們也該行動了！」王猛道。

唐一明將魚竿放下，問道：「是不是潼關有消息了？」

王猛點點頭，道：「燕軍西征快一個月了，先是在弘農取得大勝，秦軍全線退守潼關，燕軍猛追，在潼關外面又進行了大小六次戰鬥，兩軍勝負各半；如今秦軍堅守不戰，雙方一直僵持不下。另外，涼國軍隊敗績，元氣大傷，代國雖然出兵，卻只屯兵不進攻，這樣一來，猶如是秦國和燕國在拼殺。」

「對了，負責把守潼關的是誰？」唐一明問道。

「關中名將鄧羌！」

「鄧羌？此為何人？」唐一明對這個名字不太熟。

王猛答道：「鄧羌是秦軍中的一員大將，其勇猛膽識及謀略智慧都不可小覷，與秦國丞相符雄齊名，是秦國的兩大支柱，並稱關中雙英！」

「一將一相，不知道這次秦國面對數十萬燕國大軍會支持多久。」唐一明陷入沉思。

「關中地勢險要，處處可以設防，如果燕軍步步為營的話，恐怕會受到很大的牽連，不僅進軍緩慢，就連傷亡也會增加。我料想慕容恪攻下潼關後不會急於進攻，而是派人到泰山來向大王索要炸藥，以求降低燕軍的傷亡。」王猛推測道。

唐一明道：「我正愁他不來呢，他要是真的派人來，那我們就又有糧食可以換了。不過，在他攻下潼關之前，必須先讓他知道，若想要炸藥，就必須用糧食來交換，之前是一車的炸藥換兩車糧食，咱們還是用那個價錢，反正軍火庫中庫存的炸藥多不勝數，就算沒有，我們也可以再做，用低成本的炸藥來換取糧食，實在是太划算了。」

王猛心裡盤算了一番，遲疑地道：「大王，去年燕國境內大旱，顆粒無收，只怕燕軍也沒有多少糧食了，如果還用一車炸藥換兩車糧食的話，對慕容恪而言未免有點太過苛刻，屬下擔心慕容恪萬一狠起心來，不跟我們換了，那我們豈不是竹籃子打水，一場空嗎？」

「嗯，水至清則無魚，凡事不能相逼太過，不然的話會物極必反。軍師，你說得對，那以軍師之見，該用何等的價錢來換取糧食呢？」唐一明問。

王猛建言道：「既要燕軍對炸藥產生依賴，又要讓燕軍吃飽飯，其實也不難，大王可以和燕軍簽訂盟約，我們給燕軍供給炸藥，一車糧食換一車炸藥，大王以為如何？」

「跟燕軍簽訂盟約？正所謂弱國無外交，在燕軍眼裏，我們只不過是一群山賊草寇而已，雖然受封為王，可他們心裏並不承認。慕容恪的西征大軍如今陷入進退兩難的地步，看來，是我們該行動的時候了。」唐一明盤算著說。

「大王，你想現在就發兵攻打青州？」

唐一明點點頭，道：「說句難聽的，我們現在是一根攪屎棍，要是不狠狠地攪上一攪，燕軍是不會向我們妥協的，如今燕軍在西線苦戰不下，如果等他們攻下潼關我們再發動進攻的話，恐怕會失去先機。」

王猛思索道：「大王說得不錯，只要我們佔據了青州和徐州，就能使得燕國正視我們。大王，那就發兵吧！」

「走，回將軍府，我們該調兵遣將了！」唐一明訂下了作戰計畫。

晉穆帝永和九年（西元三五三年），三月初三。

燕國境內青州所管轄的濟南城外，陳列著一支整齊威武的部隊，一萬步兵在前，兩萬騎兵分散在左右兩翼，後面則是三十門大炮。

自從大炮被製造出來後，便一直秘密地保管起來，並且選拔了一小部分人來進行操作，在後山默默演練，參與演練的炮手都已經很為熟練了。

每一門大炮，炮口皆朝向濟南城的城牆，在大炮後面的地上，放著一顆顆黑色的圓形炮彈。

「得得得……」

一匹快馬從濟南城下駛了過來，馬上的騎士正是關二牛，唐一明見關二牛來，急忙問道：「怎麼樣？趙武願意投降嗎？」

關二牛搖搖頭，道：「趙武說大王是反賊，他是大燕之臣，豈有投降反賊之理？」

唐一明冷笑說：「哼！不識時務，傳令黃大，讓他將隊伍散開，準備開炮！」

濟南城的城樓上，趙武穿著一身鎧甲，皺著眉頭，看著城下陳列的三萬大軍，臉上怒氣未消，破口大罵道：「唐一明這個反覆無常的小人，居然真的反了，真是太氣人了！」

站在趙武身後的孟鴻看了看城下的大軍，勸慰道：「將軍，事已至此，再說什麼也都晚了，只是唐一明突然殺到，讓我們有點措手不及，而且通往廣固城的路上也被漢軍堵住了。如今城內只有一萬士兵，敵眾我寡，不易出戰。漢軍又沒有帶攻城器械，只要堅守在城池之內，他們也拿我們沒有辦法。」

趙武點點頭，道：「這個我知道，我只是氣不過，當初換糧的時候，我就應該把他殺掉，也不會出現現在這種情況了。」

「將軍，只要我們堅守，不出一天，往來的哨騎便能看到，一定會回廣固稟告皇甫將軍，到時候皇甫將軍帶兵來救，我們再裏外夾擊，漢軍定會大敗！」孟鴻很有信心地道。

「將軍，你看，漢軍行動了！」一個偏將指著城下的一萬步兵，大聲喊道。

趙武、孟鴻向城下一看，果然看見步兵方陣紛紛閃開到兩邊，將中間騰出一片空地來，後面則有幾十名士兵推著三十輛奇形怪狀的東西走了出來。

「漢軍這是在搞什麼鬼？他們推的是什麼玩意？」趙武大惑不解地道。

「轟！轟！……」

趙武話音剛落，便聽見城外接連傳來巨響，空中瞬間飛過來三十顆黑色的圓形物體。

黑色的圓形物體徑直撞擊在濟南城的城牆上，立刻發生爆炸，將厚厚的城牆炸出一個偌大的洞。

炮彈爆炸，巨大的衝擊力使得城樓上開始產生震動，震得城樓上的磚瓦有不少從上面掉了下來，摔在城牆上變得粉碎！

「怎麼回事？到底發生了什麼事？」趙武身體搖搖晃晃地，驚

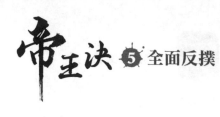

呼道。

孟鴻眼珠骨碌一轉，見城外的漢軍正在朝那個奇形怪狀的物體裏裝著黑色的圓球，略微思索了一下，發現剛才那黑色的圓球便是從那個桶裝的管子裏發射出來的，立刻明白了這與投石車基本上是相同的原理，驚叫道：

「不好！是漢軍的炸藥！將軍，這裏太危險，快點離開，到城牆下面！」

濟南城外的空地上，三十門大炮的前面，一個士兵手中拿著一面小旗，大聲喊道：「瞄準城牆！開炮！」

士兵手中的小旗向下用力一揮，便見三十名士兵手持火把點燃引線，不一會兒，便聽見三十聲巨響，炮彈便飛了出去，徑直朝濟南城的城牆轟去。

「轟！……轟！……」

濟南城的城牆經受著巨大的衝擊，再加上爆炸所產生的威力，石屑亂飛，城牆上的士兵都感到地動山搖，有種搖搖欲墜的感覺。

趙武、孟鴻下了城樓，躲在城牆裏面，見到一顆黑色的物體落在城牆上空，一聲爆炸後，便將城牆上的士兵炸得四分五裂，十幾個人身體迸裂而亡，變得血肉模糊。

所有的人看到這一幕，都很驚恐，他們手中也有炸藥，是慕容恪命令留下來的，以便作為防守之用，可是如今，他們手中的炸藥根本派不上用場。

「轟！」

又是一聲巨響，只見城牆的一段被完全炸開了，露出很大一道缺口。

「怎麼會這樣？那些漢軍為何會有如此強悍的武器？」趙武看到一片狼藉的城牆，驚恐地問道。

「將軍，城牆雖然被炸開了，可是城池並未丟失，漢軍若想入城，必然會殺進來，只要我們做好防守，不一定會敗給漢軍！」孟鴻說道。

孟鴻的話猶如一劑良藥，趙武聽了，心中受到啟發，忙喊道：「傳令城牆上的士兵全部退到城中，與敵人進行殊死搏鬥！」

關二牛奔到唐一明面前，來不及下馬便道：「大王，濟南城已經被炸開一個缺口，燕軍都退到了城中固守！」

唐一明聽到這裏，眉頭皺了起來，這是他最為擔心的。燕軍退守城內，無疑要和燕軍進行巷戰，而進行巷戰就必然要有所損傷，城中的百姓也會受到牽連。

他思索了一會兒，對關二牛說道：「傳令下去，讓黃大帶著步兵進城，讓姚襄將所部騎兵全部分散到其他三門，務必要堵住從城中逃走的燕軍。告訴黃大，吩咐手下士兵，進城之後，只要不抵抗的人，一律不准殺害；城中百姓的財物不准搶奪，不准胡亂殺人，更不准姦淫擄掠，違令者斬！」

關二牛重重地點點頭，道：「是，大王！」

陶豹見關二牛走了，急忙說道：「大王，如此大戰你交給一師，裏面的燕軍都是騎兵，一師卻是步兵，那怎麼打？不如讓俺帶著重騎兵也衝進去吧，俺保證一定殺得燕軍片甲不留！」

唐一明決斷地道：「不！重騎兵不能進去，黃大進城是進行巷戰，就算裏面全是燕軍的騎兵，在大街小巷裏也施展不開，反而沒有步兵靈活。我知道你想去戰鬥，這樣吧，你獨自一人前去，受命於黃大，一切都聽從他的調遣！」

陶豹臉上大喜，操起鋼戟便縱馬而出。

孫虎看了不禁蠢蠢欲動，見陶豹走了，便欲言又止地說道：

「大王，我看我……」

唐一明笑道：「你也是血氣方剛的年齡，好吧，你也去，同樣受命於黃大。」

孫虎大喜，立即道：「謝謝大王！」

兩個貼身的保鏢都去前線上陣殺敵了，唐一明叫來一個排長，對他說道：「你帶領你的一個排留在這裏，好生看管這些大炮！」

那個排長問：「大王，那你呢？」

唐一明道：「我自有去處，二排、三排都跟我走！」

炮聲停止，換來的是陣陣的喊殺聲，黃大手中持著鋼戟，帶著他的一萬虎狼之師衝進了濟南城。

一進入城門，黃大看到的是一排排整齊的燕軍騎兵隊伍，他們靜靜地等候在街道上。騎兵兩邊是兩隊弓箭手，也都是滿弓待射，

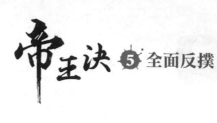

只要敵人稍微靠近，就會立刻放出箭矢。

黃大抬起手，止住大軍前進的道路，橫掃了一下城中的街道，但見主道兩邊有兩條分開的輔道，那裏卻是空蕩蕩的，沒有一點動靜。

他盯著前方的燕軍騎兵，除了遠遠地聽見他們座下戰馬在不停地喘著氣以外，別的什麼聲音都聽不到，竟然是如此的安靜。

「怎麼回事？怎麼停下了？」

陶豹從人群中擠了出來，來到隊伍的最前面，看到前方嚴陣以待的燕軍士兵，問道。

黃大聽是陶豹的聲音，忙問：「你怎麼來了？大王呢？」

陶豹道：「是大王讓俺來的，俺要殺燕狗！黃師長，你怎麼讓隊伍停下了？為什麼不直接衝上去呢？」

黃大卻道：「你仔細聽！」

「聽？聽什麼？我什麼都聽不見啊。」陶豹一臉疑惑地道。

黃大道：「正因為什麼都聽不見，所以才可怕！你想想，我們大軍入城，濟南城裏的百姓不但沒有亂，連一點雜音都沒有，再看看對面的燕軍，他們的眼神裏都充滿了渴望，似乎很期待我們向前走。」

陶豹搖搖頭，說道：「黃師長，俺聽不懂你說什麼。」

黃大解釋道：「如果現在我們貿然衝過去，必然會中埋伏，敵人早已在這裏設下了埋伏。」

「埋伏？這個節骨眼上了，燕狗還顧得上埋伏？那我們怎麼辦，就這樣和他們耗著？」陶豹道。

黃大對身後的士兵下令道：「傳令下去，大軍原地待命，沒有我的命令，誰也不准亂動！」

第五章

燕軍反撲

趙武便策馬而出，身後接連響起了
「為大燕國而戰！為大燕國而死！」的口號，
幾百個騎兵率先跟著趙武衝了出去，
緊接著後面又陸續湧出兩三千人來。
姚襄則伸手在高空中打了幾個手勢，
一場萬人大戰就此展開！

唐一明騎著馬，帶著二排和三排的重騎兵跑到了東門。

濟南城的東門外，姚襄帶著五千騎兵在那裏等候，騎兵們都有點按捺不住，想要攻進城去，但是面對寬厚的城牆，只能原地待命。

「軍長，大王來了！」姚萇看到南邊跑來一彪騎兵，趕忙對姚襄說道。

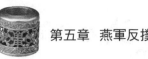

「終於來了！」姚襄看了一眼，策馬而出，迎上唐一明，道：「大王，我老羌已經準備好了，可以進攻了吧？」

唐一明點點頭，道：「嗯，城中的士兵都已經被吸引到南門，可以開始行動了。」

姚襄臉上一喜，扭過身子，將手高高抬起，大聲喊道：「開始進攻！」

聲音剛落，便見那五千騎兵各自從馬項上拴著的布袋裏掏出一個炸藥包來，然後快速飛奔到東門下面，將炸藥包丟在門前，然後奔回原地，遠遠地躲了開來。

姚萇手持長弓，向城門射出一支火箭。火箭飛出，點燃了城門下的炸藥，隨後一聲巨響，三百多個炸藥包接連爆炸，將厚厚的城門給炸開，露出一個大洞來。

唐一明策馬而出，手中舞著長戟，指揮道：「衝進去！」

濟南城的南門，漢軍和燕軍正在對峙。

趙武騎在馬背上，看到漢軍止步不前，便道：「孟先生，漢軍為什麼不衝進來？」

在趙武身邊的孟鴻說道：「將軍，肯定是我們的埋伏引起了漢軍的懷疑。」

孟鴻的話還沒有說完，便聽見從城東傳來一聲巨響，緊接著大地為之顫抖。

「哪裡傳來的聲音？」趙武急忙問道。

「好像是東門傳來的聲音！」一個士兵答道。

「糟了，城中所有守兵全部在這裏埋伏，我忽略了其他三門，以為漢軍只會從南門進攻，沒想到會這樣！將士們，迅速向北撤，撤到北門，那裏地方寬闊，有利於騎兵展開攻擊！」趙武立即下令道。

一聲令下，嚴陣以待的燕軍紛紛後撤，立即暴露出他們隱身的位置。

「哈哈！黃師長，真有你的，燕軍果然有埋伏！」陶豹佩服地五體投地道。

「弟兄們！燕軍撤退了，大王帶著羌人已經從東門殺進去，我們千萬不能讓羌人小看了我們，給我衝！」黃大叫道。

「殺啊！」

黃大、陶豹身先士卒衝了過去，沿著街道追趕那些向北撤退的燕軍。

隊伍中間，李老四指揮著士兵緊緊跟上，隊伍後面，由於前面太過擁擠，孫虎沒有能到隊伍的最前面，只能在後面和士兵一起尾隨著前面的部隊進城。

整座濟南城裏，顯得甚是空蕩，街道上看不到一個百姓，所有的房屋都是門窗緊閉。四周一片寂靜，剎那間，大自然彷彿暫時停止了喧囂的聲音。

燕軍撤退的速度遠遠大過他們前進的速度，只這麼一小會兒，那些燕軍士兵，無論是騎兵還是靠雙腳行走的弓箭手，在一瞬間消失得乾乾淨淨。

「奶奶的，燕軍怎麼跑得那麼快？黃師長，以俺看，咱們還是分開行動，只要謹記大王的命令就是了，說不定還有其他沒有來得及跑的燕軍躲在角落裏呢！」陶豹道。

黃大十分小心謹慎，深怕稍有差池，就會害死許多兄弟，仔細地觀察四周。

「師長！燕軍都已經退了，大王肯定攻入了東門，我們只要一起會和，緊追燕軍，必定能夠取得勝利。俺的手都癢了，俺看見那撥逃走的燕狗，心裏就不舒服，你還在猶豫什麼？殺過去吧！」陶豹催促道。

黃大環視四周，透過窗戶的縫隙，見到人們露出驚恐的眼神，便道：「是我多心了，傳令下去，以連為單位，分散開來，二師到太守府那裏會和，一師跟我一起向城北進軍！」

「哥！你去太守府，我帶人去北門！」黃二自告奮勇道。

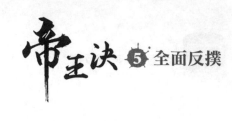

自從金勇、張亮、趙全帶著五百人離開泰山後，軍隊的領導人便有了變動，黃大繼續統領一師，黃二出任二師師長，楊元被破格提拔為三師師長，劉三繼續擔任四師師長，五師、六師、童子軍則全部交給李國柱暫代。

黃大厲聲說道：「不行！這是命令，違抗命令者斬，大王讓我管理這一萬步卒，你們就得聽我的，快點照我的吩咐去做！陶豹，我們走！」

濟南城的城北有著一大片的空地，燕軍在佔領濟南城後，便在城北修建了一個校場，專門用來訓練士兵練武場所。

趙武、孟鴻帶著燕軍騎兵迅速地奔到校場那裏，才剛到，唐一明便從城東帶著姚襄等羌人騎兵到了。

「姚萇，你帶領一千騎兵，將迤邐而退的步兵攔腰截斷，不准放任何一個人進入校場！」唐一明看到燕軍還有小股兵力正在向校場集結，便下令道。

唐一明帶著重騎兵和四千羌族騎兵向北而走，姚萇則帶著一千騎兵直接衝了上去，將燕軍攔腰截斷。

兩軍一經交戰，直接進入到白熱化的階段，一千羌騎猶如猛虎撲來，但凡敢阻擋的人，都死在羌人的長槍之下。

被堵截住的燕軍士兵本來就沒有多少戰心，只想逃命，幾經衝鋒，立即被姚萇所帶的騎兵給擊退，眼看後面的漢軍步兵就要追上來了，試圖作最後一次衝擊。

刀槍林立，箭矢亂飛。

不多時，黃大、陶豹帶領著五千步兵便趕了上來，隊伍迅速向四周散開，將燕軍圍了起來，然後一起發動攻擊，那一小撥燕軍因為寡不敵眾，紛紛陣亡。

黃大的鋼戟上沾滿了鮮血，還有幾滴血珠掛在長戟上。

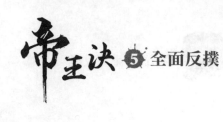

陶豹殺了十幾個人，見到姚萇，便問：「大王何在？」

姚萇指著身後的方向，說道：「大王去城北校場了，正與燕軍交戰！」

黃大、陶豹、姚萇等人立即合兵一處，向城北殺去。

城北校場上，七千燕軍騎兵完好無損地集結在一起，他們的對面則是四千羌騎和部分重裝騎兵。

趙武手持長槍，站在燕軍隊伍的最前面，將手中長槍向前一招，大喊道：「大膽唐一明，陛下待你不薄，你竟敢反叛？」

唐一明沒有搭腔，在姚襄耳邊說了幾句話。

姚襄點點頭，喊道：「你們已經被重重包圍了，如果投降的話，漢王既往不咎，並會厚待你們，如果你們執意要戰的話，就別怪我們不客氣了！」

「轟隆！」

一聲巨響，城北城門被炸得四分五裂，姚益帶著五千騎兵浩浩蕩蕩地進了城。

緊接著又是「轟隆」一聲巨響，西門的城門也被炸開了，姚蘭帶著五千騎兵也殺進了城裏，四門皆破，濟南城中數萬漢軍兵力全部集結在城北校場，以決定性的優勢壓倒了燕軍的區區七千騎兵。

不多時，十門火炮從漢軍的隊伍中被推出來，遠遠地瞄準對面的燕軍，所有準備工作全部就緒，只待唐一明一聲令下。

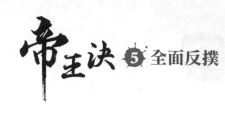

趙武看了看身後的士兵，見每個人的臉上都驚恐不已，便喊道：「怕什麼？腦袋掉了，只不過是一個碗大的疤，死有什麼可怕的！」

其實，死並不可怕，可怕的是怎麼去死。當大炮被推出來的那一剎那，知道大炮威力的士兵都不願意被大炮給轟死，因為那種死法，簡直是死無葬身之地。

孟鴻看到漢軍並沒有因為人多就立刻發動進攻，而是勸降，便對趙武說道：「將軍，留得青山在，不怕沒柴燒，不如暫時投降，他們的武器太厲害了，士兵們都害怕萬分，沒有了戰心，就算拼殺下去絕對不是對手，也是白白地犧牲，好死不如賴活，只要活著，還愁以後沒有翻身的機會嗎？」

趙武聽到孟鴻的話，回頭看了看臉上帶著驚怖之色的士兵，大喊道：「你們都是我大燕的勇士，大燕勇士是無論如何都不能屈服的，掄起你們的馬刀，提起你們的長槍，就算戰死了，也是個英雄！不怕死的都跟我衝啊！」

聲音落下，趙武便策馬而出，身後接連響起了「為大燕國而戰！為大燕國而死！」的口號，頭排的幾百個騎兵率先跟著趙武衝了出去，緊接著後面又陸續湧出兩三千人來。

「可惡！抵抗者死！兄弟們！你們報仇的時候到了！」唐一明也大聲地喊道。

唐一明揮動手中的長戟，與二百多重騎兵並排在一起，將長戟向前一挺，驅馬迎了上去。

姚襄則伸手在高空中打了幾個手勢，東北面的姚益，西南面的姚蘭以及正南面的姚萇，都同時率軍衝出，姚襄也隨之衝了上去，一場萬人大戰就此展開！

只是，這裏地方本來就小，戰馬和戰馬相互碰撞在一起，擠得水泄不通。

「散開！快向後散開！」唐一明意識到不對，大喊道。

兩軍重新退回，兩軍交鋒，地上又平添無數屍體。

孟鴻見剛剛的交鋒又死了幾百名燕兵，便轉頭對趙武說道：

「將軍，漢軍的裝備精良，如果再這樣打下去的話，只怕這次我軍會全軍覆沒。我知道將軍並非是鮮卑人，我們身後的許多士兵也是漢人，他們為了鮮卑人打仗，屠殺的卻是我們漢人士兵，將軍為何不棄暗投明，跟隨唐一明，以後開疆拓土，少不了將軍的好處！」

「孟鴻！你竟然在這裏口出狂言！我雖是漢人，可是我的心是向著燕國的，如果當初不是燕軍，我早已餓死了。我生是大燕的人，死是大燕的鬼，此志不渝！念在你曾經幫助我國的分上，就饒你不死！你想投降唐一明，那你就投降吧，我絕不會攔你的。」趙武忿忿地道。

「將軍……識時務者為俊傑，我們本就是漢人，為何要給鮮卑人當奴隸？既然漢人打過來了，我們就應該投效才對……」孟鴻說道。

「投你個大頭鬼！」

一聲巨響從孟鴻的身後傳來，孟鴻扭轉身子，只見一桿長槍向他刺來。

這一幕來得太過突然，孟鴻絲毫沒有防備，眼見長槍槍頭就要戳進孟鴻的身體裏，但見一名燕軍騎兵揮出長槍，將那個想殺孟鴻的人一槍刺死在馬下。

被刺死的是個鮮卑人，其餘的鮮卑人見了，氣憤不已，開始抖動手中長槍開始刺殺身邊的漢人騎兵。

「哇……啊……呀……」

十數聲慘叫過後，只見燕軍中的漢人騎兵紛紛落馬。

燕軍裏其餘漢籍騎兵見了，都人人自危，也不知道是誰高呼道：「鮮卑人殘殺我們，還給他娘的當個什麼兵？兄弟們反了，殺了鮮卑人，投效漢王！」

燕軍部隊人心浮動，一時間鮮卑騎兵和漢人的騎兵互鬥起來。

這一幕讓唐一明萬萬沒有想到，他本想將黃大的步兵派上去，誰曾想還沒行動，燕軍自己竟內訌起來。

一時間，呼天喊地的聲音不絕於耳。

「都住手，不要打了！」

趙武看到自己的部下在自相殘殺，很是著急，大聲阻止道。

燕軍的部隊中，並非全部都是鮮卑人，鮮卑人經過幾代人的拼殺，在戰場上戰死的不計其數，為了彌補兵員的不足，燕軍特別招募了一些歸附的漢人加入軍隊，並且將他們訓練成為一名名勇敢的武士。這種軍事機制，曾經在一段時間內使燕國的軍隊所向披靡。可是，這樣的部隊如果不加以控制的話，就肯定會是一個禍端。

面對自相殘殺而又種族不同的燕國士兵，趙武的喊聲顯得十分的蒼白，不管他怎麼喊，都無濟於事。

「大王，燕軍開始狗咬狗了！」姚襄對唐一明小聲說道。

唐一明皺著眉頭，喝令道：「大軍原地待命，沒有我的命令，誰也不許亂動！」

燕軍已經亂作一團，趙武是漢人，可他的心卻向著鮮卑人，手中緊握著長槍無法動彈，因為他不知道是該殺漢人還是該殺鮮卑人，一時間陷入了極度的迷茫之中。

孟鴻險些喪命，急忙策馬奔出軍隊，與身後的燕軍士兵相隔三米之遠，看到亂作一團的燕軍，他靈機一動，掉轉馬頭，向著對面的漢軍奔去。

漢軍見孟鴻單騎奔出，手中沒有攜帶武器，仍舊將長槍挺了上去，只要孟鴻膽敢靠近，就會被立刻刺穿身體。

孟鴻見狀，急忙勒住馬，大聲喊道：「不要動手，我是來投誠的，我要見漢王！」

唐一明看見來人是孟鴻，便擺擺手，道：「讓他過來！」

一聲令下，漢軍的隊伍立刻閃開兩邊，給孟鴻讓開一條路，待孟鴻通過之後，漢軍士兵又集結在一起，刀槍弓弩一致對外。

孟鴻來到唐一明身前，翻身下馬，撲通一聲跪在地上，叩拜道：「小人聞漢王是個仁義愛民的人，也是個寬宏大量的人，更是個嫉惡如仇的人，如今漢人正慘遭鮮卑人殺害，大王為何無動於衷，難道小人所聽到有關大王的美德，都是虛假的嗎？」

唐一明本來就對孟鴻有很深的印象，上次換糧的時候，孟鴻的機智和對答如流的能力，讓唐一明很是喜歡，此刻見孟鴻跪在自己面前，眼中飽含著淚水，苦苦哀求自己出動兵馬制止燕軍的混亂，他又何嘗不想這麼做呢？

唐一明翻身下馬，將孟鴻扶了起來，說道：「孟先生，並不是我想眼睜睜地看著我們漢人遭受鮮卑人屠殺，可是他們都穿著一樣的服裝，我根本分辨不出來哪個是鮮卑人，哪個是漢人，你總不至於讓我將他們全部殺掉吧？」

孟鴻恍然大悟，急忙用手指著對面的燕軍士兵，說道：「漢王請看，鮮卑人的頭盔上都帶著一個紅色的盔纓，而我們漢人則是白色的，只要殺掉那些紅色盔纓的鮮卑人，就自然能夠解救我們漢人了！」

唐一明定睛一看，果然看出端倪，但見紅白兩色在他眼中蠕動，而紅色又多過白色，一群紅色的盔纓正在將一群白色的盔纓圍住，白色的盔纓逐漸倒下。

唐一明心中一喜，立刻叫道：「黃大！帶著你的部隊，給我將那些帶著紅色盔纓的燕狗全部殺掉！」

「兄弟們！隨我殺出去！」黃大聽到唐一明的命令，整個人變得精神抖擻起來，一馬當先衝了出去。

「漢王，小人還有一事相求，請不要殺害濟南太守趙武！」孟鴻求情道。

唐一明點點頭，道：「你放心，凡是投降者，我一律不殺！」

孟鴻突然跪在地上，哀求道：「漢王！不管趙武投降不投降都不能殺，小人懇求漢王了！」說完話，便重重地在地上磕了好幾個響頭，地上立即染上點點血跡。

唐一明見孟鴻態度十分誠懇，當即吩咐道：「傳令下去，活捉趙武！」

「多謝漢王！」孟鴻感激地道。

唐一明順勢將孟鴻扶起，見孟鴻的額頭上都磕破了皮，鮮血順著他的眉間流到鼻梁上，然後滴到地上。

他看到孟鴻的表情，不知為何，突然覺得孟鴻這個人表面上看起來文弱，其實骨子裏很是剛強。如果他不答應孟鴻的話，估計孟鴻真的會磕死在他的面前。

他用衣袖擦拭去孟鴻額頭上的血跡，見孟鴻臉上卻沒有露出一絲疼痛的表情，不禁問道：「孟先生，你為何要讓本王無論如何不殺趙武呢？」

孟鴻答道：「趙武對我有活命之恩，如果沒有趙武，我估計早就被送到薊城做奴隸了，又怎麼能夠在這裏看見英武不凡的漢王呢？再說，趙武是個漢人，漢王的部下也大都是漢人，如果漢王不殺趙武，不僅燕國境內所有漢人會對漢王傾心，就連那些不是漢人的燕國人，也會對漢王另眼相看，以後漢王在攻打任何城池的時候，那些對漢王傾心的人就會主動投降。救活一個人的性命，卻換來更多的人心所向，您何樂而不為呢？」

唐一明聽完，目光流轉，急令道：「快傳令黃大，將所有鮮卑人全部活捉，抵抗者殺！」

燕軍陣裏，趙武騎在馬背上，看著自相殘殺的燕軍士兵，自言自語地呆愣道：「為什麼？為什麼會這個樣子？」

靠近城牆的邊緣，燕軍士兵逐漸減少，戴著白色盔纓的漢籍燕軍士兵，被紅色盔纓的鮮卑籍燕兵團團包圍，但是他們並不害怕，仍然舉起手中的長槍，騎著自己的戰馬英勇奮戰。

突然，漢軍士兵如同潮水般湧過來，幾名士兵迅速將愣在那裏的趙武從馬上拉了下來，然後架著趙武便向後退。

陶豹揮著手中長戟，靠著他快速又迅猛的速度，直接衝撞到鮮卑籍燕兵那裏，一通亂殺便殺出了一個缺口，叫道：「漢王有令，投降者免死！」

陶豹的聲音剛落，那邊又響起黃大的喊聲：「漢王讓我們來解救漢人兄弟了，漢王是不會拋棄你們不管的！」

漢籍的燕兵聽到後，突然感受到一種莫名的振奮，剩下的一千多名漢籍的燕兵，紛紛向外衝殺，將一個個驚慌失措的鮮卑籍燕兵全部刺死！

一場沒有懸念的戰鬥，經過一陣廝殺後迅速結束，總共俘虜兩千多名鮮卑籍的燕兵，殺死了三千多鮮卑籍的燕兵。

戰鬥結束後，剩下的漢籍燕兵在一個都尉的帶領下，紛紛下馬，拋下手中的兵器，摘掉頭盔，脫去身上的黑色戰甲，徑直朝唐一明走去。

眾人來到唐一明面前，紛紛跪在地上，異口同聲地喊道：「我等不知好歹，抵抗漢王大軍，實在是罪孽深重，漢王不但不計前嫌，還派兵來解救我們……漢王若是不嫌棄，我等願從此誓死追隨漢王，永不背離！」

唐一明拉著孟鴻的手，走到眾人面前，呵呵笑道：「本王只不過是做了自己應該做的，你們要謝的話，就好好謝謝他，如果不是他的話，估計本王到現在還分不出哪些是漢人，哪些是鮮卑人！」

那個都尉當即道：「馬倫帶著所有部下謝過孟先生！」

孟鴻急忙道：「勿謝我，救你們的是漢王和他的軍隊！」

馬倫道：「小人馬倫謝過漢王的活命之恩，馬倫願意從此追隨漢王左右，鞍前馬後伺候漢王！」

唐一明高興地道：「那倒不必，你既然投降我，就是我們漢軍的一分子了，從今以後，就要聽從漢軍的一切法度，你和你的部下暫時歸陶豹的重騎兵連管轄，按照漢軍的編制，進行統一配置！陶豹！快出來接受你的部下！」

「大王，俺來了，俺來了！」陶豹從人群中擠了出來。

唐一明指著馬倫說道：「陶豹，這些兄弟以後就是你的部下了，你的騎兵連也該擴建了。」

馬倫和一千多名投降的漢籍燕兵立時拜道：「叩見將軍！」

陶豹摸了摸腦袋，樂得屁顛屁顛的，大聲說道：「都起來吧，哈哈哈！」

此時，黃大帶著士兵將趙武給押了過來。

「大王，趙武帶到！」

唐一明看了眼趙武，見他的臉上還帶著怒意，便問道：「趙將軍，你可曾想到有今天嗎？」

趙武此時已經清醒過來，看到自己成為階下囚，也無話可說，只是冷冷地「哼」了一聲。

「跪下！」黃大重重地踢了趙武的腿彎一下，喝道。

趙武沒有站穩，一個踉蹌跪倒在地上，但是他的膝蓋剛剛落地就又站了起來，一副寧死不屈的樣子，眼中更是充滿了不屑。

「跪下！」黃大又大叫一聲。

唐一明擺擺手，道：「算了，己所不欲，勿施於人，我既然不讓你們行跪拜之禮，對待別人也應該如此。趙武，我聽孟鴻說你是漢人，如今濟南城中都是我的軍隊，燕軍已經敗了，不久，整個青州也將是我的軍隊，燕國正在西征，進退兩難，無暇東顧，你若是願意投降的話，我可以免你一死！」

孟鴻聽到這話，便急忙說道：「漢王……」

唐一明打斷孟鴻的話，道：「本王自有分寸！」

趙武依然不為所動，冷哼一聲，接著朝地上吐了口口水，大罵道：「我趙武命賤，可也知道什麼是忠，不像有些人……我是大燕之臣，絕對不會投降給叛賊的，你要殺便殺，何必囉唆?!」

唐一明看見趙武的目光充滿了恨意，便呵呵笑道：「叛賊？在燕國眼裏，我是賊，可是在我們漢人眼裏，那些燕國人就不是賊了嗎？趙將軍，我敬重你是個漢子，今日不殺你，但是我要讓你明白什麼是忠！也要讓你明白，你口中的叛賊是如何佔領青州的，如何帶著你所謂的叛賊的軍隊打下天下的！黃大，將趙武暫時關押起來，明日帶回泰山囚禁！」

黃大點點頭，答道：「是大王！」

唐一明扭過頭，看著孟鴻，問道：「孟先生，我這樣處理可否讓你滿意？」

孟鴻道：「大王不殺趙武，已經是對小人最大的恩惠了，小人代趙武謝過漢王！」

「可惜趙武不識時務，一心愚忠，還虧他是個漢人。孟先生，

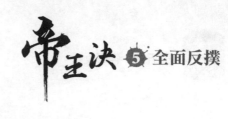

你覺得這些被俘的鮮卑人應該怎麼處置？」唐一明故意問道。

孟鴻想了想，答道：「漢王，這些鮮卑人也是人，既然被俘虜了，按照鮮卑人的習俗，就算是回去了也是個死，不如大王暫時將他們關押起來，如果有人投降的話，就接受；不投降的話，也不能妄自殺害，以免讓人誤會了漢王。」

唐一明道：「好吧，就按照你說的辦。孫虎，你帶著一隊人，將這些俘虜暫時關押起來，明日送回泰山，要是有人願意投降的話，就編入到你的部下。」

孫虎道：「是！」

唐一明又叫來李老四，問道：「你們衝進來的時候，可曾看到城中百姓？」

李老四道：「百姓們都門窗緊閉，躲在屋子裏，整座城池，除了城牆和城池破損之外，其他地方一點都沒有驚擾。黃二去佔領太守府和府庫了，這會兒應該已經被我軍全部佔領了。」

「好，很好。你現在就派人到城中四處喊話，告訴城中百姓，我們絕對不會騷擾他們，一切財物物資，還照常都是百姓的，另外

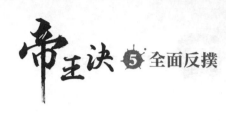

將府庫中的糧食分一半出來，分發給城中百姓。」唐一明道。

李老四應道：「屬下這就去辦！」

「姚軍長！」唐一明又喊道。「我軍攻打濟南城的事情，燕軍應該還不知道，你現在就帶著所部兩萬騎兵迅速渡過濟水，奔赴濟北。記住，要以迅雷不及掩耳之勢迅速攻下濟北，然後讓姚萇搶佔黃河渡口，派人駐守；五天後，帶兵從濟北出發，奔赴廣固，到時候我會在廣固城外與你會合。」

姚襄略微思索了一下，問道：「大王，皇甫真知道我們佔領了濟南、濟北，會不會派大軍來攻取？」

唐一明道：「你放心，皇甫真知道濟南、濟北丟失，再派兵來也是無濟於事，他肯定會堅守廣固。廣固是青州的命脈所在，裏面囤積了大量的糧草，只要攻下廣固，其餘各郡縣就會望風而降。我們現在兵力和皇甫相當，雖然有不少女兵，可都是巾幗英雄。軍師帶著李國柱的兩個師，這時候應該在攻打東安郡了，攻下東安之後，就等於切斷青州和徐州的聯繫，沿途設防，徐州方面的燕軍不會增援青州。我們就以這兩萬多的兵馬來和皇甫真進行一番較量，等攻下廣固之後，再招兵買馬不遲。」

姚襄重重地點了點頭，說道：「大王神機妙算，我軍必能攻下廣固。大王，我這就帶人去。」

「等等，濟北雖小，卻是重要之地，那裏有黃河天塹，黃河沿岸太長，你必須派出兩隊游騎兵經常巡視，對外仍然要插上燕國的國旗，以免黃河北岸的燕軍會收到消息，派兵增援青州。至於兗州方面，你也不用擔心了，常煒的兒子常鈞現在是兗州刺史，駐守兗州，他會打理一切的。另外，在對待百姓上面，你千萬不能讓手下亂殺，一定要將我說的那幾條銘記於心，但有犯事者，定斬不赦！」唐一明道。

姚襄道：「大王放心，屬下去了！」

唐一明看著姚襄帶著羌人的所有騎兵馳出濟南城，心中也不免在為王猛擔心，心道：「濟南城是攻下來了，可是軍師帶的全是女兵，戰鬥力要比男兵弱了許多，不知道東安郡那邊是不是進展順利？」

孟鴻站在唐一明的身邊，聽到唐一明的計畫十分周詳，便問

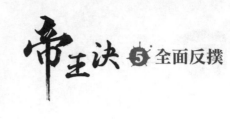

道：「漢王，攻打青州，您是不是早有預謀？」

唐一明哈哈笑道：「孟先生，你說得不錯，在我佔領泰山的時候，我就已經策劃好了我以後該走的路。青州，只不過是我邁出泰山的第一步而已！」

孟鴻道：「漢王宏圖大志，實在是讓小人佩服！」

唐一明道：「孟先生，你年紀輕輕就有這種膽識和智謀，也是個人才，以後就留在我的身邊聽用，早晚也有個商量的人。走，我們該去安撫一下城中百姓了！」

「是！」孟鴻十分爽朗地答道。

第六章

一語點醒夢中人

唐一明重重地拍了一下自己的大腿，高興地說道：
「二牛！你無意中竟解決了我的難題，
看來你沒有白跟在軍師身邊啊！
我一直苦惱著要怎麼攻破連環馬陣，
沒想到該去拖垮連環馬陣，
你一語點醒夢中人，實在是太聰明了！」

唐一明佔領濟南城後，進行了一連串的安撫工作，使濟南城中的幾萬百姓定下心來。在這樣一個亂世，這些剛剛遷徙過來的百姓，飽受戰亂之苦，對他們來說，只要能活命，不管是誰佔領了城池，都不是很重要。

慕容俊下令從塞外和北方遷去的民眾，絕大部分都是漢人，因為漢人實在是太多，把他們遷徙到中原，他們鮮卑人才能有更多的土地。這些被遷來的百姓，大都畏懼於燕軍的武力，不得不放棄原本在幽州、冀州、並州的土地，不遠千里渡過黃河，填塞中原的廣袤大地。

黃河以南的青州大地上，大概有一百萬百姓，是年前從北方頂著風雪遷徙來的。這一百萬百姓被分散到青州南部的各個郡縣裏，濟南城中的百姓只不過是這些百姓中的一部分而已。

唐一明讓孟鴻擔任濟南太守，並且讓士兵修葺城牆和城門，還打開了府庫，給城中百姓分發糧食，並且與民秋毫無犯，算是暫時穩定住濟南城的局勢。

與此同時，王猛正在帶著兵攻打東安郡。東安郡在青州的最南

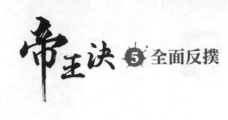

邊，與徐州接壤，為了切斷青州和徐州的聯繫，唐一明必須攻佔東安郡。

東安郡距離泰山比濟南城還遠五十里，加上地處青州和徐州的交界處，一旦出事，兩州都可以派兵支援。

三月初三的下午，濟南城已經被唐一明佔領了，東安郡的戰鬥才剛剛開始。不過，當大軍驚現在東安郡內的時候，守城的燕將棄城而逃，結果被王猛所設下的伏兵抓住，王猛派人去進行遊說，兵不血刃地佔領了東安郡。

三月初四，姚襄帶著兩萬騎兵只經過一小會兒戰鬥，便攻下濟北，分兵搶佔了黃河渡口，青州攻略的第一步就此完成。

濟南、東安、濟北，三郡被唐一明佔領的事，很快便傳到了廣固。廣固城中，皇甫真聽到這個消息氣急敗壞，一肚子的怒氣沒有地方撒。

皇甫真怒氣問道：「唐一明為何行動如此地迅速？只短短兩日，便接連攻下三郡。東安、濟北也就算了，可是濟南城中有守軍一萬，怎麼可能在這麼短的時間內就被攻破呢？趙武是幹什麼吃的？」

「事到如今，說什麼都晚了，為今之計，是防止唐一明的下一步進攻。」慕容軍眉頭緊皺地說道。

皇甫真怒道：「王爺，丟了濟南、濟北和東安，難道我們就不去搶回來嗎？」

慕容軍冷笑一聲，說道：「泰山漢國對我大燕來說，一直是個謎，裏面到底是怎樣的一番景象，誰也不知道；至於唐一明到底有多少軍隊，我們也不得而知。想像一下，濟南城城牆高厚，又有一萬駐軍，只短短兩個時辰便陷落，這種攻城的速度堪比神速。

「我軍本來就不善於攻城，如果再派軍去攻打濟南等地的話，不僅兵力分散，還會損失兵員。而且你別忘了，唐一明可是會製造炸藥的，大將軍之所以留下一批炸藥，為的就是防止唐一明叛亂。如今廣固城裏囤積了大量的糧草和輜重，其餘各地的守兵很少，多則一兩千，少則一兩百，只有廣固城有四萬大軍，這無疑使得廣固成為眾矢之地。」

皇甫真臉上露出驚詫之色，急忙說道：「王爺，你是說，漢軍會攻打廣固？」

慕容軍點點頭道：「這是必然的，廣固一旦被攻下，漢軍大可以傳諭各處，使得其他各郡縣不戰自降。你可別忘了，青州的百萬百姓都是漢人，他們一旦知道唐一明的漢軍攻下廣固，趕跑我軍，他們還甘願被我軍所驅使嗎？」

皇甫真不屑地道：「廣固城易守難攻，我手中又有四萬精銳大軍，我正愁唐一明不來呢，他來，也省得我去找他了。我之前接連敗在他的手上，這回一定讓他嘗嘗我的厲害。」

慕容軍聽了道：「聽將軍如此說，似乎心中已經有了計策，不妨說出來聽聽。」

皇甫真走到慕容軍身邊，趴在他的耳邊悄悄地說了幾句話。

慕容軍聽後，喜上眉梢，豎起大拇指誇讚道：「將軍妙計，必能使唐一明大敗於我軍的連環鐵騎之下！」

五日後。

廣固城外五十里處，赫然出現一座大營，大營四周皆用鹿角、鐵蒺藜等物圍繞，一面漢軍的旗幟插在大營的正中央，迎風飄舞著，顯得煞是好看。

大帳裏，唐一明環視一圈，朗聲道：

「這一次我們只有兩萬大軍，姚萇守在濟北，黃二、姚益、李老四守在濟南，我們這次帶的大炮比上一次多出了一倍，不過皇甫真絕非趙武，我們佔領濟南、濟北、東安的消息，他一定早就知道了。他手下有著四萬精銳的燕軍，不會坐以待斃，肯定會出來和我們戰鬥的，你們都說說，有什麼辦法可以打敗皇甫真？」

姚蘭首先說道：「大王，廣固城是整個青州最堅固的城池，聽說燕軍在攻下廣固之後，又在其基礎上將城牆加高加厚，而且依山傍水，只有東門可以進出，易守難攻，不易貿然攻打；正如大王所說，皇甫真不會坐以待斃，我老羌請命，帶一萬騎兵去和皇甫真決一雌雄，大王帶著部隊跟在我們老羌後面，我可以先詐敗，將皇甫真引到大王的包圍圈中，然後聚而殲之！」

唐一明想了想，道：「此計雖好，可是我聽說皇甫真身邊有個叫慕容軍的，足智多謀，皇甫真也跟他學得精明了，只怕這樣的誘敵之策，瞞騙不過皇甫真和慕容軍。」

黃大道：「大王，兵貴神速，我看不如趁著皇甫真還沒有出城前，便用大炮將廣固的城牆轟個稀巴爛，燕軍知道了大炮的威力，就不敢輕易出城了，我們每天用大炮轟城，不出十天，廣固城必然能夠攻下！」

唐一明搖搖頭，道：「此法不妥。廣固城中百姓最少有一二十萬，若是照你那樣的打法，那我們豈不是白白屠殺了二十幾萬人嗎？不妥不妥。」

唐一明見姚襄一直沒有說話，便指名問道：「姚軍長，你有什麼法子嗎？」

姚襄搖搖頭，嘆了口氣，緩緩說道：「大王，我不是危言聳聽。皇甫真跟隨慕容恪很久了，也是久經戰陣的老將，他慣用連環馬陣，當年武悼天王就是被連環馬陣打敗的，皇甫真的手上都是燕軍精銳，屬下的羌騎雖然厲害，可是面對像鐵桶一樣的連環馬陣也素手無策，所以讓人擔憂啊。」

唐一明表情凝重地道：「這倒是個很棘手的問題。好了，今天的會就開到這裏，傳令各部嚴加防範，我軍剛剛長途跋涉而來，需要休息，等明天我會帶一團的兵力去廣固城外看個究竟。散會！」

「我等告退！」眾人齊聲道。

眾人退去，唐一明獨自一人坐在大帳中，陷入了沉思，心想：

「我倒是看過水滸傳，知道裏面的呼延灼也用連環馬，而攻破連環馬的兵器就是鐮鉤槍。如果皇甫真真的出動連環馬陣的話，那我上哪裡去弄那麼多鐮鉤槍來？

「再說了，連環馬陣，每匹戰馬間都須用鐵索鎖起來，如此列陣，除非是斬斷鐵索，或是將擋路的每匹馬都殺死，使鐵索墜地，否則休想前進一步，可是當面對一排十幾匹衝過來的戰馬時，鐮鉤槍根本就無法進行鉤刺，簡直如同用豆芽菜鉤倒一輛車子一樣，根本是不可能的任務啊，何況連環甲馬是二十匹重鎧戰馬連成一排奔湧而來，其撞擊能力遠遠不是一根碗口粗細的鉤鐮槍所能抵禦的。

「即使那些鐮鉤槍手天生膽大，敢於手持鐮鉤槍面對奔跑過來的連環甲馬；又即使僥倖鉤倒其中一匹甲馬，剩餘的連環馬也會拖著被鉤倒的戰馬完成牠們的撞擊，把那些鉤鐮槍手踐踏如泥……他娘的，竟給老子出了一個十分難解的題目啊！」

唐一明在大帳中自言自語著，越想越惱火。

「啟稟大王，偵察連連長關二牛到了！」

「快讓他進來！」

大帳的捲簾掀開，關二牛走進大帳，向唐一明敬了個軍禮，說道：「屬下參見大王！」

「來，快坐下，告訴我東安郡那邊怎麼樣了？」唐一明急道。

關二牛徑直走到唐一明身邊，坐了下來，然後向唐一明彙報這幾天東安郡的情形：

「王猛佔領東安後，便竭力安撫百姓，使得百姓和軍隊同仇敵愾。他帶的一萬娘子軍駐守東安郡，沿途設防，切斷了徐州燕軍和青州的聯繫，並且成功地擊退了徐州燕軍的數次突襲，使得徐州燕軍無力向北，只得返回下坡和徐州城，堅守城池。」

聽完關二牛的彙報，唐一明的心總算得到一點慰藉，不禁道：

「軍師要是有在這裏就好了，這樣我還能問問他，如何對付連環馬陣。」

「大王，你是說連環馬陣？」關二牛問道。

唐一明點點頭，道：「皇甫真駐守廣固城，手中握著四萬精銳燕軍，我怕他會用連環馬陣來對付我們，卻一時間想不出破解之法。」

關二牛聽了，立即分析道：「大王，連環馬陣是全副武裝，馬本身的重量，加上那匹馬所披的鐵甲，再加上一個全副武裝的騎兵，其負荷量是一般的戰馬所無法承受的，更別說是奔跑了。連環馬陣就如同我軍的重騎兵一樣，只適合衝陣，不適合長途奔襲，如果皇甫真真的出動連環馬陣來對付我們，我軍只管跑就是了，讓他們在後面追。等燕狗不追了，我軍再打回去，如此反覆幾次，馬匹肯定體力消耗得十分嚴重，一旦拖垮連環馬陣，大王再想幹什麼還不手到擒來？」

唐一明重重「啪」地一聲拍了一下自己的大腿，高興地說道：「二牛！你無意中竟解決了我的難題，看來你沒有白跟在軍師身邊啊！我剛才一直苦惱著要怎麼攻破連環馬陣，沒有想到該去拖垮連環馬陣，你一語點醒夢中人，實在是太聰明了！」

關二牛撓了撓頭，不好意思地道：「大王，我只不過是隨便一說而已。」

唐一明一把將關二牛攬在臂彎裏，大讚道：「你只是隨便一說，卻解決了我的難題。既然東安那邊沒事，你就不要走了，留下來，我也可以多一個幫手。有了你這個辦法，我也不用去想怎麼用炸藥炸死那些馬匹了，只需要姚襄帶人邊退邊打就好了，我便可以騰出手，去安排別的事了。哼！皇甫真，你等著吧，這次我要讓你徹底大敗，讓你沒臉回去見爹娘，哈哈哈哈哈！」

一夜無話。

三月初九，陰。

黑雲像一塊厚鐵，漸漸往地面上沉，似乎已經蓋到整座漢軍大營上，再過一會兒就要把大營壓扁一樣。一大清早，天空就如此的烏雲密佈，看樣子是要下一場豪雨了。

可是，如此的壞天氣卻阻擋不住唐一明攻打廣固的決心。他調集兵馬，一切就緒後，還沒有出發，天空中便落下豆大的雨滴。

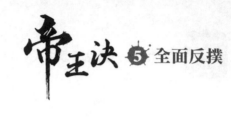

天與地似乎就要連成一線，在天與地那一點僅存的縫隙中，現出了一道閃電，照亮了整座漢軍大營，也照亮了天空和黑暗相連的地方。

可怕的烏雲堆得密密層層，又大又黑的破布片從那團雲的邊上掛下來，地平線上也有這樣的碎片互相壓擠著，堆得高高的。

此時，傳來清晰的隆隆雷聲，緊接著又是一道閃電從黑暗的天空中劈下。這一次，這道閃電顯得尤為的亮，尤為的長，彷彿是連接天與地之間的媒介，閃電的一頭劈中了遠處丘陵上的一棵大樹，那棵大樹立刻被閃電劈成兩半，全身都著起火來，在從天空中落下、逐漸變大的雨滴中熊熊燃燒。

電閃雷鳴，暴雨突下，一時間雨水傾盆倒下。

這樣的天氣，實在讓人掃興，唐一明不得不宣布大軍暫時回營，士兵回帳篷躲避暴雨。

唐一明回到大帳，身上早已被雨水淋透，他來不及脫下濕掉的衣服，轉身望著帳外傾盆的大雨，不禁內心暗暗罵道：「哼！這種鬼天氣，早不來晚不來，偏偏這個時候來，真他娘來得不是時候啊！」

雨水嘩啦啦地下著，那些雨滴逐漸連成了一條線，若不仔細觀看，面前的雨水彷彿是一個雨簾。

不一會兒，唐一明就感到自己的腳泡在雨水裏，低頭一看，積水已經漫過了自己的腳踝。

「糟糕！」唐一明大叫一聲，急忙跑了出去。

他跑進雨中，任由雨水沖刷著他的身體，卻澆滅不了他心中焦躁的火焰。

他快步跑到三處軍帳前，逐一掀開簾子，看到積水浸泡了炸藥包和炮彈，一些士兵則正在搬運那些沒有被積水浸泡的炸藥包和炮彈，將它們搬到臨時搭建的高臺上。

「快！多叫點人來，趕快將這些炸藥包和炮彈轉移！」唐一明邊搬著炸藥和炮彈，邊大聲吼道。

士兵們紛紛將帳篷裏的炸藥和炮彈轉移，後來實在找不到一處乾燥的地方可放了，士兵們索性丟下手中的武器，將炸藥和炮彈抱在懷裏。

搶救結束，唐一明粗略地統計了一下，帶過來的炮彈和炸藥大部分都泡在了水裏，不能再用了。可搶救下來的，卻是少之又少，加在一起，才兩百零三個炸藥包和六十發炮彈。

看到眼前這一切，唐一明忍不住仰天大吼一聲，大罵道：「賊老天！」

一個排長走了過來，撲通一聲跪在水中，臉上哭喪著道：「大王，都是我不好，沒有看管好這些炸藥和炮彈，大王殺了我吧！」

唐一明搖搖頭，道：「事已至此，殺了你又有什麼用？何況這個營地是我選擇的，與你無關。」

「可是……」

「好了，你們搶救了剩餘的炸藥和炮彈，不至於全部泡湯，也算是將功折罪吧！」唐一明長吐了一口氣，心中即使有氣，卻也無可奈何。

突如其來的一場暴雨，讓唐一明原先的計畫泡湯了，不僅損失了許多炸藥和炮彈，也使得漢軍的營地陷入一片沼澤裏。暴雨沒有

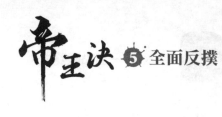

停止的念頭，唐一明不得不下令大家冒雨將營地遷徙到山丘上去，以躲避地勢低窪的土地上造成的積水。

兩萬人的軍隊，除去那些保護僅剩下的炸藥和炮彈不至於受到雨水侵害，其餘的人全部冒雨建造營地，從四周的樹林裏砍伐過來一些大樹的粗壯枝幹，搭起帳篷，忙碌了近一小時後，總算在暴雨中臨時搭起了一個可以避雨的軍營。

三月的初春，還帶著冷冷的涼意，被雨水打濕的士兵們都躲在帳篷裏，蜷著身子，升起篝火，圍坐在篝火的旁邊以供驅寒。

中軍大帳中，唐一明愁眉不展地坐在那裏，看到帳外一直下著不停的暴雨，無奈地搖了搖頭。

「大王，這場大雨來得太不是時候了，如此一來，就要耽誤我軍的時間，我軍本來帶的糧草就不多，要等到路面上的雨水全部乾涸，只怕還需要幾天時間。」姚襄憂心地道。

唐一明點點頭，瞅了瞅外面的大雨，說道：「好在沒有颳風，不然的話，對我軍更加不利。這暴雨雖然下得大，可也持續不了多長時間，估計明天就會停止，而且，這暴雨對我軍不利，對燕軍也同樣不利，至少在泥濘的道路上，他們絕對不會派出騎兵來攻擊我們。」

關二牛道：「大王，現在該怎麼辦？要不要暫時退兵回濟南，等天氣大晴的時候再出兵？」

唐一明搖頭道：「不，既然出來了，就一定要有個結果。」

「可是那些炸藥和炮彈都被雨水給打濕不能用了，豈不是影響到我軍的工程速度嗎？就算派人到泰山去取，這一來一回的，再快也要兩三天，不如暫時撤軍，等準備充足了，再來攻打廣固不遲！」黃大勸道。

唐一明果斷地說：「不能撤軍，如今我軍士氣正盛，豈能因為一場大雨就取消原來的計畫？我們還剩下一些炸藥和炮彈，作為攻城之用已經足夠了。就算沒有炸藥和炮彈，我們難道就不攻打廣固了嗎？別忘了，在沒有炸藥之前，我們還不是以少勝多，可曾有怕過誰嗎！」

「大王說得不錯，我老羌從來沒有畏懼過誰，只要大王下令，我老羌絕不退縮！」姚襄立即附和道。

黃大、關二牛、陶豹、孫虎相互看了一眼，異口同聲地說道：

「大王請下令，我等絕不是貪生怕死之人！」

唐一明呵呵笑道：「不要激動，我的部下從來都沒有貪生怕死之人，你們都是跟著我出生入死的，以前我們兵少的時候尚且不懼燕狗，現在咱們有兩萬大軍，就更加不用害怕燕狗了；以前我們能打勝，現在我們一樣能打勝，我之所以不退兵，只想讓你們明白一個道理，這些武器雖然可以幫助我們攻城掠地，也可以幫我們減少傷亡，但是我們絕對不能依賴炸藥和炮彈。」

「大王，請下令吧，我等誓死與燕狗一戰！」幾人熱血沸騰地說道。

「好，我要的就是這個精神，拿地圖來！」唐一明讚道。

黃大將地圖攤在唐一明面前。

唐一明默默評估了一番，問道：「二牛，這個叫沙里台的地勢如何？」

關二牛朝地圖上看了一眼，答道：「大王，沙里台是不是離廣固城太近了？」

唐一明道：「不近，十里開外剛剛好，你快告訴我這裏的地勢如何？」

關二牛道：「沙里台靠近陽河，地勢突兀，在堯王山的旁邊，比其他地方要高出一倍，周圍又都是茂密的樹林，與廣固城相隔十三里，中間隔河相望。」

唐一明聽後，喜道：「好，等暴雨停了，我們就迅速將大營遷至沙里台，我要用僅剩下的炸藥和炮彈炮轟廣固城，與燕狗決一死戰！」

三月十一。

下了一天一夜的暴雨終於停止了，天色還有點陰沉。唐一明迅速下令大軍拔營起寨，將大軍移至沙里台，並且在沙里台建立起一座大營。

三月十二日，晴。

翻騰著的紫紅的朝霞，半掩在白楊樹的大路後面，向蘇醒的大地投射出萬紫千紅的光芒。

太陽像火球一般出現了，射出道道的強烈金光，像是在大聲地歡笑，藐視那層淡霧的不堪一擊。蔚藍色的天空上，沒有一絲雲彩，越發顯得它深邃無邊。

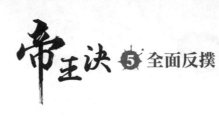

陽光下，漢軍悉數下了沙里台，又再一次遷徙營地，環繞廣固城半圈，來到廣固城外正東方的土地上。

地上的積水已經沒有了，但是留下了和著黃土的稀泥，被馬踏人踩之後，道路變得泥濘不堪，每個士兵的褲腿上都沾滿了泥漿，卻沒有一個人有怨言。

兩萬漢軍在廣固城周圍移動，坐鎮廣固城中的皇甫真又如何不知？漢軍初到廣固境內的時候，皇甫真便已經知道了。

暴雨之後，城池外面道路泥濘，不適合騎兵狂奔，皇甫真便讓部隊守衛在堅固的城池裏，將城門緊閉。

漢軍在唐一明的帶領下，在廣固城外十五里的樹林邊紮下營寨，背靠青山，旁邊依著一條小溪，無論是取水還是防止燕軍騎兵的突襲，都可以做到完整的防範。

兩日內，漢軍駐紮在營地上沒有任何動靜。廣固城中更是寂靜一片，兩日的時間裏，廣固城連城門都沒有開過，更沒有一個人從城中走出或是從城外進城。

到了第四日，道路被風乾了，唐一明率領著一萬八千名步騎前去廣固城外叫囂。

天空晴朗，熱度隨著太陽的升高而升高，太陽像火一樣懸掛在天空，豆大般的汗從每個弟兄的頭上流下來。漢軍八千騎兵在前，一萬步兵在後，浩浩蕩蕩地從營寨奔赴廣固城。

黃大提著一根鋼戟，身上罩著鋼甲，用衣袖擦拭了一下額頭上的汗水，拖著沉重的步子向前走著，邊走邊問道：「大王，才三月中旬，天氣就這麼熱，今年的天氣難道和去年一樣反常？」

唐一明抬頭看了看天空中掛著的太陽，刺眼的陽光讓他睜不開眼，騎在馬背上的他都已經感受到背脊上的汗珠不停地向下滴淌，更別說那些在陸地上行走的步兵了。

「這賊老天，總是喜歡搞不正常，前幾天下暴雨，這兩天天氣又熱得跟什麼似的。都說瑞雪兆豐年，年前的大雪算是瑞雪了，如果今年再像去年一樣乾旱，那老百姓還要不要活了？我們還怎麼生存?!不行，等佔領青州和徐州後，必須先休養生息一番，興修水利，將黃河之水引入農田灌溉，做到防範於未然，才能保證莊稼豐收！」唐一明下定決心道。

「大王，這幾日皇甫真一直躲在城中，一點動靜都沒有，是不是不知道我們到來？」姚蘭隨口問道。

「不可能，我們在這裏折騰了這麼多天，皇甫真就算是個傻瓜，他手下的斥候可不全是傻瓜，又怎麼可能不知道我們在這裏呢？皇甫真不出戰，我們就逼他出戰，不能再拖了，十天內，必須要擊垮廣固城中的燕軍主力，然後佔領廣固，不然的話，我們這次行動就白費了。」唐一明道。

關二牛問道：「大王，我們攻佔濟南、濟北、東安三郡，燕軍應該早就知道了，恐怕已經傳回了燕都，為什麼其他地方沒有一點動靜？」

唐一明解釋道：「這早就在我的預測之內，慕容恪帶領四十萬大軍西征，留下來的也就二十萬人，可燕境廣袤，光一個青州就有五萬精銳和一萬散兵游勇，徐州有三萬，這就占九萬了，尚有五萬大軍在宛城駐紮，防止晉朝有所行動，四萬在燕國京師附近，防止北方叛亂，其餘兩萬分散在各州郡，燕軍已經是無兵可調了，只能寄希望於皇甫真和慕容軍了。」

「燕軍西征太過倉促，如果我是燕國皇帝，絕對不會現在就西征，肯定會緩一緩。」姚襄在一旁說道。

唐一明道：「可惜你不是，也幸好燕國的皇帝是慕容儁，不是慕容恪，不然的話，慕容恪是決計不可能讓我們在他的眼皮底下做出如此的事情來。」

「得得得……」

一陣渾厚的馬蹄聲從隊伍前面傳來，陶豹披著厚厚的戰甲，戴著頭盔，手中拿著大戟，帶著幾名騎兵捲起一陣煙塵，來到唐一明面前。

「大王，皇甫真那個龜孫子根本不理俺，俺在那裏叫罵了許久，燕狗連個屁都不敢放，也沒有人出來，氣死俺了！」陶豹來不及下馬行禮，便氣憤地叫道。

唐一明派陶豹帶著三百騎兵去廣固城下叫罵，單挑皇甫真決一死戰，希望把皇甫真從城裏拉出來。

他擺擺手，道：「算了，你的武功他又不是沒見過，能和慕容垂打成平手，諒他也不敢出戰，這早在我的意料之中。」

陶豹大咧咧地說道：「大王，既然你早就知道了，為什麼還讓俺去叫罵?!」

唐一明道：「叫你去是試探一下，並非讓你真打，如果他出動大軍，你才三百騎兵，怎麼應付？你罵了多久時間？」

「俺罵，也叫手下人罵，罵了足足有半個多時辰，卻聽不到燕軍有一點聲音！」陶豹委屈地說道。

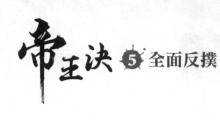

唐一明想了想，道：「半個多時辰？嗯，時間差不多了，給了我軍充分的行走時間，你們看，廣固城就在那裏，十五里路我們一直是慢行，士兵和馬匹也不至於那麼累。等會兒到了，如果皇甫真再不出來，就接著罵，就算他無動於衷，他手下的人也必然忍受不住，只要他們肯出戰，我們就可以與之一戰了。」

說話間，大軍到了廣固城外，所有士兵全部停下就地歇息。

唐一明策馬來到隊伍的最前面，看到一條不寬的護城河擋住了去路，吊橋被高高吊起，城門緊閉，城牆上的燕軍士兵嚴陣以待，在大旗的舞動下顯得分外英武。

廣固城下，漢軍步軍在中間，騎兵在兩側，已然擺開了架勢。

唐一明打扮得十分英俊瀟灑，身穿五花戰袍，身披龍鱗鎧，腰中繫著一柄精鋼長劍，背後披著一件大紅披風，直立的短髮讓他看上去異常有精神，深邃的眼中透著幾許殺意。

他目光流轉，從左至右看了一圈城樓上的燕軍士兵，卻沒有看見皇甫真的身影，當下縱馬向前走兩步，高聲叫道：「我乃漢王，讓皇甫真出來見我！」

聲音落後，不但沒看見有人影走動，反而聽到城樓上的燕軍在那裏譏笑，對唐一明根本不屑一顧。

唐一明不怒不氣也不鬧，策馬回陣，對陶豹打了一個手勢。

陶豹應聲縱馬向後，將雙手舉起，但見漢軍陣中，步分兩路，空出一片空地。緊接著，三十名炮手推著用炮架，將架好的大炮從後軍推到前面，炮口一致向廣固城的城樓上架起。

唐一明衝著炮手叫道：「把皇甫真給我從城裏轟出來！」

「開炮！」

隨著炮兵小排長的一聲令下，十門大炮便向著廣固城的城樓上射了出去。

十顆黑色的炮彈逐一落在廣固城的城樓上，當炮彈落下的同時，那些面帶嘲笑表情的燕軍士兵立時化為炮灰，砲聲隆隆，城樓上石屑亂飛，血肉模糊，斷裂的肢體和痛苦的叫聲全部夾雜在一起。

「轟隆……」

巨大的爆炸聲讓整座廣固城為之震撼，大地也似乎也在同一時間內搖晃起來。

宮闈中，房頂上的瓦礫亂抖，被震掉下來幾片瓦礫，摔在石頭鋪砌的路上，發出了聲聲脆響。

「這……這是怎麼回事？」

大殿中的皇甫真感受到一種前所未有的晃動，急忙問道。

慕容軍眼中閃過一絲光芒，恍悟道：「是唐一明！一定是他在用炸藥攻打城門！」

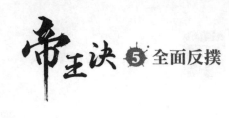

剛說完，便見一個灰頭土臉的守將慌慌張張地跑進來，來不及施禮便急急說道：「將……將軍，漢軍正在攻打城池，推著不知道是什麼玩意的小車，車上架著一個大黑筒，那筒子有這麼大，把一顆顆黑色的圓球從筒子裏像射箭一般地發射出來，落在城樓上，立刻就死了兩百多人……」

皇甫真沒有等那守將說完，大叫一聲「走」，便大步流星地走出大殿。

第七章

連環馬陣

一聲巨響，衝在最前面的重騎兵
被一排猶如銅牆鐵壁的連環戰馬撞到，
漢軍的重騎兵被無情地踐踏在馬蹄的下面，
連人帶馬發出最為悲鳴的呼喊，只簡單的兩三聲後，
呼喊便漸漸地變弱，直到消失。
「陶豹！是連環馬陣！」

十發炮彈開過，唐一明沒有下令繼續開炮，而是靜靜地等候在那裏，他的目的不是攻城，而是逼迫皇甫真帶兵出城決戰！

廣固城的城樓上，已經是一片狼藉，在爆炸中倖免於難的士兵，眼睛裏都充滿了對漢軍的恐懼，彷彿眼前的漢軍不是人，是一個個來自地獄的魔鬼，是來肆無忌憚摧殘他們性命的使者。

城樓上的一座角樓被炸得粉碎，石屑、木屑、瓦礫零碎地分散在四周，弄得城樓上倖存的燕軍灰頭土臉的。那些僥倖存活的燕軍生怕再遭受同樣的攻擊，紛紛攙扶著下了城樓。

唐一明威風凜凜地騎在馬背上，雙目看著城樓上的一舉一動。

「大王，燕狗撤下城樓了！」陶豹提醒道。

唐一明「嗯」了聲，將手朝前微微一揮，身後一個排的步兵便迅速擁到護城河邊，他們的懷中都抱著炸藥，用最快的速度將炸藥拆開，將黑色的火藥從炸藥包裏倒出，撒在護城河邊，向後綿延出十米遠。

士兵撒完這些火藥，便退回本陣，仍舊精神飽滿地嚴陣以待。

「剩下的就是時間問題了，如果一刻時間後，皇甫真還不率領大隊人馬出城，就再用大炮接著轟，如果他還有點血性的話，絕不會在城中坐以待斃。」唐一明目光盯著遠處的城樓，希望能看到皇甫真的影子。

陶豹擔心地說：「大王，我們的炮彈還剩下五十發左右了，如果皇甫真一直堅守不出，我們又當如何？」

唐一明冷笑一聲，道：「五十發炮彈如果全部朝一個地方發射，足以摧毀他們的城牆。不過，以皇甫真的個性和名望，他是絕對不會堅守不出的。」

廣固城內，皇甫真騎著戰馬，以最快的速度奔馳到城門邊，身後跟著慕容軍和一隊騎兵。

城門口的景象讓皇甫真大吃一驚，到處都是碎裂的磚瓦和木屑，缺胳膊少腿的士兵隨處可見，紛紛聚集在離城門十米遠的一座亭子下面，呼天喊地地叫嚷著。

城牆上，正中央的那座角樓已經不在了，殘留下來的只是一堆磚瓦和幾根斷裂的梁柱。

「到底發生了什麼事？」皇甫真揪住一個驚慌失色的士兵，追問道。

士兵目光呆滯，神情恍惚，對剛才那一幕還心有餘悸，吞吞吐吐地答道：「屬下……屬下也不知道……只覺得一瞬間便天旋地轉，身邊的弟兄就已經變得血肉模糊了……將軍……漢軍都是妖怪……妖怪……」

皇甫真一把推開那個身上沾滿血污和灰塵的士兵，怒斥道：「不許胡說，滾一邊去！」

慕容軍從後面急忙趕了過來，走到皇甫真身邊，立即說道：「小將軍，看來唐一明是用投石機一樣的東西把炸藥給投過來的。他會做炸藥，軍中肯定會攜帶不少炸藥，濟南城便是一個例子，如果再這樣下去的話，與其堅守防備不如主動出擊，用連環馬陣擊敗漢軍！」

皇甫真輕輕地點了點頭，還來不及回答，便聽到城外漢軍士兵高聲喊道：「皇甫真，縮頭龜！皇甫真，縮頭龜！……」

漢軍的叫罵聲接連不斷，罵完這句，又接著罵其他的話，一句比一句難聽。皇甫真心中立時怒火大起，憤憤說道：「唐一明欺我太甚！」

說完，皇甫真便徑直走上城樓，腳下踩著灰土和血液混合的血泥，站在城垛前向城外眺望，便看見唐一明帶著一萬多漢軍等候在離護城河大約兩里的平地上。

「皇甫真！你這個縮頭烏龜，你終於肯露面了，你多次敗給我們漢王，虧你還是燕軍八大將之一，真是丟盡了燕國的臉！你現在躲在城裏就舒服了？漢王寬宏大量，沒有逼你，不然的話，以我們剛才大炮的威力，任你廣固城如何堅固都會立刻化為齏粉！你要是識相，就趕快出來投降，跪在漢王的面前磕幾個響頭，漢王也許會饒你一命，哈哈哈哈！」

陶豹一見皇甫真露面，便立刻精神抖擻地叫罵起來。

「你再口出狂言！你等著，看我怎麼收拾你們！」皇甫真指著城下的漢軍罵道。

陶豹絲毫不理會皇甫真的感受，繼續罵著，連皇甫真的祖宗十八代都給罵上了。

「哼！氣煞我也！來人！傳我將令，留下三千人守城，其他兵馬全部隨我出城迎戰漢軍，不把漢軍全部殲滅誓不甘休！」

皇甫真扭頭對身後的一個傳令官大叫道。

慕容軍急忙拉住皇甫真，勸道：「小將軍，戰是要戰，只是現在不能出城，漢軍是在故意激怒小將軍，不如再堅守一日，看看情況再戰不遲！」

皇甫真怒道：「早戰晚戰都是戰，早點殲滅這些漢軍早點輕鬆，再堅守一日，以漢軍炸藥的威力，我們必然屍骨無存，不如現在就出城決一死戰，漢軍人數不過才一萬八千人，城內有四萬大軍，足夠將他們全部踏平！」

他惱羞成怒，隨手指著一個傳令官道：「你快去傳令！讓人把我的披掛一起拿來！」

慕容軍見皇甫真主意已定，便道：「既然小將軍堅決要與漢軍決一死戰，不如就讓我帶兵出戰，小將軍守城即可！」

「不！王爺守城，我去迎戰！王爺是萬金之軀，萬一有什麼意外，我怎麼向大將軍交代？怎麼向陛下交代？」皇甫真阻止道。

說話間，皇甫真便下了城樓，讓人護衛著慕容軍，他自己則到校場，親自點齊了三萬七千人的騎兵。

三萬七千騎兵中，有七千人全是被鐵索鎖在一起的連環馬陣，士兵都全身武裝，就連座下馬匹也是身披戰甲。

皇甫真穿著他那件連環鐵鎧，頭上戴著頭盔，手中提著長槍，腰中繫著彎刀，全副武裝，威風凜凜。

廣固城的城門在等待了許久之後，終於打開了，士兵放下了吊橋，皇甫真帶著全副武裝的騎兵從城門裏奔馳出來。

「終於出來了！全軍後退三里！」

唐一明一看到皇甫真帶著軍隊出城，便大聲喊道。他不是因為害怕，而是為了要留下一片足夠進行兵團交戰的平地。

「哈哈！將士們，我們一出來，賊兵便嚇得後退，看來今天我軍必勝！」皇甫真看到漢軍向後撤退，大聲地笑了起來。

「必勝！必勝！」

皇甫真帶著騎兵，踩著厚厚的吊橋過了護城河。

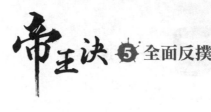

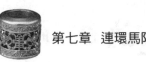

他一馬當先，下了吊橋後，便看見河邊約有十米長的黑色粉末，一股刺鼻的味道隨之撲面而來。

那種刺激性的味道他之前從未聞過，使他不由得打了一個噴嚏，就連座下戰馬也打了一個噴鼻，重重的鼻息噴在地面上，使得黑色的粉末騰起一片黑霧，沾滿他和戰馬的身體。

「這是什麼鬼玩意？看這粉末倒像是燒焦的草木灰……」皇甫真自言自語地說道。

他沒有在意，目光盯著緩緩後退的漢軍，迅速跨過那片黑色的粉末。

黑色粉末狀的火藥被微風一吹，便四散開來。隨著踐踏土地的馬匹越來越多，那團黑色的霧氣也越升越高。漸漸地，竟然將吊橋前面的那段路包圍了起來，凡是後面過來的騎兵，不管是戰馬還是馬背上的騎士，都要穿過那團黑霧。

漢軍在唐一明的指揮下退後了三里，然後停了下來，黃大率領的重步兵頂在正前方，中間是唐一明和陶豹、孫虎的騎兵近衛團，左右兩邊各是四千羌族輕騎，最後面是五千輕步兵，炮兵則被兵力護送進了樹林，先躲藏起來。

皇甫真帶著騎兵迅速地衝到陣前，與漢軍相隔兩里對峙。

唐一明看到對面的燕軍隊伍，沒有一匹用鐵索鎖起來的馬匹，放下了心。

燕軍騎兵三三兩兩、四五成群地散開，擋住漢軍觀望廣固城的視線，漢軍只看到燕兵身後是高聳的大山，而且燕軍仍在不斷集結，越聚越多。

唐一明凝視對方軍陣，隊伍最前面，燕軍的指揮者皇甫真。

「陶豹，敵人沒有使用連環馬陣，你的重騎兵可以派上用場了，趁現在敵軍還在集結，立足未穩，你帶著二百八十名重騎兵擔任衝鋒任務，必須要直逼中軍，姚襄、姚蘭的輕騎會在左右兩翼掩護你。」唐一明令道。

陶豹綽著鋼戟，雙腿一夾馬肚，立時策馬向前，並同時招呼著身後的重騎兵，大喊道：「兄弟們，殺敵立功的機會到了！跟著我衝啊！」

黃大指揮著重步兵閃開兩邊，給重騎兵讓出一條道路，待重騎兵過去，黃大便帶著五千重步兵隨後跟了上去。

與此同時，列陣在兩翼的姚襄和姚蘭也各自帶著輕騎緊隨其後，分別攻擊燕軍的兩翼。

正面交鋒無疑對唐一明是一個極大的挑戰，但是唐一明有足夠的信心打敗燕軍。

皇甫真看到漢軍一擁而上，嘴角露出了淡淡的笑容，將手中長槍向前揮去，身後的燕軍騎兵立刻衝了上去。後面一排排用鐵索鎖著的連環戰馬邁著沉重穩健的步伐在同一時間內起伏，大地都為之顫抖。

連環馬陣的後面，是五千名騎射手，他們拉開長弓向前猛射，一陣箭矢離弦而出。大戰，一觸即發。

「砰！」

兩軍迅速地衝撞在一起，立刻展開了慘烈的肉搏戰！

唐一明看著混亂的戰場，本來還挺舒展的眉頭皺了起來，嘴裏吐出了一句似罵非罵的話：「可恨的皇甫真，居然將連環馬陣藏了起來……」

「大王，現在如何是好？燕軍輕騎在前，連環馬陣在中，騎射手在後，而後面還有不斷向前聚集的燕軍騎兵正在向四周擴散，很可能會形成包圍之勢！」馬倫看出了燕軍的意圖，擔心地說。

唐一明看了眼馬倫，心想：「如今正是用人之際，馬倫居然能夠看出皇甫真的用兵意圖，也算是個人才……」

想到這裏，唐一明立刻道：「馬倫，你和孫虎率領所有騎兵團的士兵，分兩邊衝入敵陣，兩翼有姚襄和姚蘭，他們會想法堵住燕軍的合圍之勢，我只需要你們像把尖刀一樣插入燕軍的兩肋，在陣中左右衝突，避過連環馬陣，衝入到後軍。只許向前，不許後退，等殺到皇甫真那裏時，就以班為單位，向不同方向衝殺，連環馬陣就交給陶豹和黃大擋住。快去！」

馬倫、孫虎兩人同時應了一聲，便各自帶著五百輕騎兵衝了過去。

「關二牛！」唐一明叫道。

關二牛從一邊馳馬過來，立刻回道：「大王！」

「你快去看看炮兵就定位了沒有？一定要用剩下的五十發炮彈

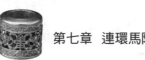

讓燕軍喪膽！」唐一明吩咐道。

關二牛趕緊掉轉馬頭，奔馳而去。

劉三統領著輕步兵站在後軍，前面的部隊都被派出去了，他便徑直走到唐一明的身邊，問道：「大王，我什麼時候出動？」

唐一明道：「暫時原地待命！」

廣固城外，兩軍正在熱血混戰，陶豹帶著二百多個重騎兵在燕軍的輕騎兵中橫行無阻，斬殺了不少燕狗。

漢兵高聲吶喊著，殺紅了眼睛的陶豹大喝一聲，雙腿牢牢地夾著馬肚，左手抽出了腰中繫著的那把破軍寶刀，將擋在他前面的燕兵砍翻在地，又一刀剁下了那人的頭顱。

一顆顆血淋淋死不瞑目的人頭，紛紛被陶豹手中的破軍砍掉。他的右手還握著鋼戟，隨手一揮，戟風飄過，立刻便有一道鮮紅的血液從燕軍的胸甲下噴湧而出，映照在陽光下，灑滿了一地。

在這些歡呼聲裏，漢軍士兵越發勇猛，紛紛使出了自己吃奶的力氣，追逐著被陶豹嚇破膽的燕兵，鋼戟舞動，便刺死不少燕兵，空留下一地的屍體。

陶豹的臉上沾滿了鮮紅的血液，顯得猙獰而又恐怖，唯獨那雙透著血絲的雙眼，在燕兵陣中亂掃，看見一個燕兵，便是一刀揮出！

「殺啊！」

又是一顆人頭落地！

來不及呼喊的頭顱飛到了半空中，看著自己還騎在馬背上的身軀側身倒地，座下的戰馬接連驚慌奔走，死不瞑目地瞪著既驚恐又害怕的雙眼，跌落在地，被無數馬蹄一番亂踏，頭顱便成了一片碎骨。

鮮血如山溪般順著馬背滴淌，流在地上匯成河流，汩汩向著護城河裏流去。

黃大等重步兵緊隨著重騎兵鋪散開來，用手中的鋼戟和盾牌將一個個騎在馬背上的燕兵鉤下馬來，一番亂刺之後，燕兵的身體便如同一個個馬蜂窩，鮮血不斷地從鐵甲下方向外冒，將黑色的戰甲染成了血色。

「砰！」

一聲巨響，衝在最前面的重騎兵被一排猶如銅牆鐵壁的連環戰馬撞到，十幾個漢軍的重騎兵被無情地踐踏在馬蹄的下面，連人帶馬都發出了最為悲鳴的呼喊，只簡單的兩三聲後，呼喊便漸漸地變弱，直到消失。

「陶豹！是連環馬陣！」

黃大手持盾牌，看到如同排山倒海般襲來的連環戰馬，一邊指揮著部下後退，一邊大聲地朝快要被連環馬撞著的陶豹等人大聲喊道。

陶豹殺得興起，他與手下的重騎兵突然聽到渾厚又整齊的馬蹄聲，感受到大地在微微地顫抖，扭頭大喝一聲：「快後撤！」

「嗖！嗖！嗖！」

漫天飛來了無數箭矢，紛紛落在陶豹和重騎兵的身上，被他們堅固的鋼甲擋在外面，發出了無數聲叮叮噹噹的碰撞聲。

「啊……」

幾名重騎兵一不留神，被箭矢透過頭盔上的窟窿射入了眼睛，痛苦地捂著受傷的眼睛跌下馬來，在地上打滾地號叫道：「我的眼睛，我的眼睛……」

還沒叫完，便立刻被後面衝來的連環戰馬踏在身體上，鋼製的戰甲承受著無數馬蹄的踐踏，雖然沒有多大變形，但是鋼甲下面的士兵卻早已承受不住，口噴鮮血，不多時便一命嗚呼，那些鋼甲也逐漸變形，最後被踏得血肉模糊。

「哈哈哈！」皇甫真看到眼前的戰場，雖然損失了一千多名輕騎兵，卻將連環馬陣的威力得以展現出來，如此近距離地與漢軍接觸，歡喜不已。

戰場兩翼，羌騎和燕軍正在混戰得激烈，都是輕騎兵，沒有重騎兵和連環戰馬的騷擾，兩軍進行了凶狠的肉搏。

但是羌騎佔有一定的優勢，他們手中的武器和身上的戰甲都是精鋼打造，雖然沒有重騎兵那般全副武裝，卻也能在混戰中體現出來其中的優勢。

很快，在戰場中間燕軍的連環馬陣占上風的同時，羌騎一番左衝右突，便將兩翼的燕兵擊敗，斬殺不少燕兵。

與此同時，孫虎、馬倫各自率領著五百輕騎，趁著燕兵紛紛戰死之際一通衝殺，便通過兩翼，繞過了中間的連環馬陣，直衝燕軍連環馬陣的背後。

孫虎、馬倫按照唐一明的指示，先是合兵一處，再以一個班為單位，分別向中軍那五千騎射衝了過去，冒著箭矢，揮動著手中的鋼戟，迅速完成了突襲！

皇甫真早已退到騎射手的後面，將後面陸續從吊橋趕來的騎兵分成左、中、右三部，叫道：「跟著連環馬衝刺過去，斬殺敵軍主將！」

聲音一落，原本中軍亂作一團，立刻出現了一道大口子，一萬名剛剛集結的輕騎迅速衝了出去。孫虎、馬倫見狀不妙，紛紛朝兩翼撤退，與羌騎合兵一處，從兩翼繼續向前攻擊。

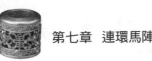

「將軍！兩翼受損嚴重，我軍不是羌騎對手！」一名偏將帶著滿身的血污來到皇甫真的身邊，說道。

皇甫真此時的眼睛只盯著中軍的連環馬陣，看到連環馬陣在中間橫行無阻，而且還向前推進不少，踐踏了不少來不及跑的漢軍重步兵，心中無比的歡喜。

他聽到那名偏將的話，扭頭看了看，果然見羌騎已經在兩翼佔據了主導之勢，原先擺在兩翼的一萬名騎兵幾乎全軍覆沒。

皇甫真看見從吊橋擁出的最後五千輕騎兵，便對那個偏將道：「你帶著這五千騎兵支援左翼，我帶著騎射支援右翼，務必在斬殺敵軍主將的同時，也擊敗漢軍兩翼的羌騎！」

那名偏將應聲帶著五千騎兵便衝了過去，皇甫真也將面前還剩下不到四千多人的騎射一併帶走去支援右翼。

戰場右翼。姚蘭和孫虎合兵一處，正在斬殺那為數不多的燕兵騎兵。

姚蘭見皇甫真帶著一群騎射衝來，臉上一喜，舉起手中的長槍，帶著二百多騎兵便要去迎戰皇甫真，口中叫道：「羌人姚蘭來也！」

皇甫真是燕軍主將，自然知道姚蘭衝過來的目的，無疑是想生擒活捉他。可是，皇甫真也非等閒之輩，智謀上雖然弱了一點，可是武勇上卻很剛猛。

他冷笑一聲：「無名小卒！」

皇甫真馬快，身後跟著騎射手也不過一百多人，其餘都在後面，和姚蘭相交，只不過一個照面，他手中的長槍冷不丁地刺出。巨大的慣力作用下，姚蘭的身體被長槍直直穿過，身體也離開了座下戰馬，被皇甫真的長槍給刺死了。

那二百多羌騎與皇甫真身後的騎射兵互相衝撞著，憑著手中的長槍，殺死了不少騎射兵，他們還來不及掉轉馬頭，便立刻衝撞上後面擁來的騎射大軍，一經沒入陣中，一幫人便紛紛被亂箭射死。

孫虎看到姚蘭戰死，便大聲喊道：「姚師長戰死！我代為統領，是漢軍的都跟我衝，誰殺了皇甫真，大王重重有賞！」

一句話，便解決了因為群龍無首而差點造成的混亂，所有漢軍騎兵，不管是漢騎還是羌騎，全部高呼道：「漢軍威武！漢王威武！」

姚蘭的死雖然是由於他輕敵，卻讓所有的羌騎胸中憋了一口惡氣，他們想給死去的族人報仇，給姚蘭報仇，將仇恨化為悲痛的力

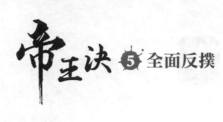

量，與漢騎一起衝向了皇甫真帶來的士兵中，一番衝殺後，斬落不少燕兵。

在兩翼佔據上風的漢軍騎兵，由於燕軍的增援，重新陷入苦戰之中，喊聲震天，人仰馬翻，不知道有多少人倒在馬下，被馬蹄踐踏成血肉模糊。

戰陣的中間，陶豹和重騎兵正在被連環戰馬追逐，前面跑得不快的重步兵紛紛被連環戰馬踐踏致死。

「娘的！老子不跑了！」陶豹突然掉轉馬頭，擲出了手中的鋼戟。

巨大的力道穿透了連環馬陣前排的一名燕軍騎兵，燕軍騎兵從馬上跌落下來，立即被馬蹄踐踏而過。

其他重騎兵看見了，紛紛效仿，將自己手中的鋼戟擲出，鋒利的鋼戟穿透許多燕軍連環馬陣的騎兵，很快，排在第一排的一百多騎兵陸陸續續倒了下來。

可是，連環戰馬並未就此停下，依然繼續向前，在一排為一百五十人的連環戰馬上，尚有幾個人還騎在馬背上驅使著那一排的戰馬向前奔馳！

「你們快退！」

陶豹對身邊的重騎兵大吼著，他自己則是縱馬向前，高舉著手中的破軍寶刀，砍斷第一排連接的鐵索。

幾柄長槍迎面刺來，陶豹用破軍一擋，那幾柄長槍便斷為兩截，令刺殺他的幾名燕兵大吃一驚。

陶豹隨手砍斷了第二排連接的鐵索，又左右各砍幾刀，殺死幾名騎兵。他以這種方法一人提著削鐵如泥的破軍，馳騁在連環馬陣的中間，接連砍翻不少騎兵。

一排排的燕軍騎兵被砍翻，卻無可奈何，因為他們的座下戰馬被鐵索鎖在一起，面對這突如其來的變故，他們雖然不想戰，卻也只能硬著頭皮上，結果馬上面臨了死亡。

這個微妙的變化很快就被仔細觀察戰場的唐一明發現了，看到黃大的重步兵和重騎兵一直後退，而連環戰馬一直在前進，雖然前進緩慢，而且中間還被陶豹給攪亂了，但是他們仍然佔據上風。

連環戰馬的後面奔馳著一萬名剛到的騎兵，唐一明心中不免有點擔心起陶豹來。

「大王，炮兵已經就位，只待大王一聲令下！」關二牛騎著馬，從一旁疾馳而來，說道。

唐一明聽了，振奮不已，叫道：「劉三！發令！」

劉三應了一聲，立刻讓士兵在軍隊後方引爆一個炸藥包，轟然一聲巨響發出，在空曠的原野上回蕩，久久不能散去。

聲音響後，陶豹尚一個人衝殺在連環馬陣中，仗著他那堅固的鎧甲，鋒利的兵刃肆無忌憚地衝殺著。

陶豹一刀砍死一個燕兵後，突然掉轉馬頭向回殺去，大叫道：「不跟你們玩了！」

黃大的重步兵也突然停止了後退的腳步，全軍一致對外，舉著盾牌，握著鋼戟，嚴陣以待。

「後面就是我們的大王，我軍已經無路可退了，為了大王，為了自由，為了漢家江山，拼了！」黃大慷慨激昂地說道。

「漢軍威武！漢王威武！」

寶劍鋒從磨礪出，梅花香自苦寒來。

漢軍苦苦地在泰山上進行了數月的訓練，就連寒冬臘月也不停歇，為的就是奪取青州的這重要一戰。

幾個月來，漢軍從未打過仗，隱忍了許久之後，所有士兵都在此刻將體內的力量完全爆發出來。

重步兵堅守陣地，面對奔湧而來的連環馬陣，他們沒有一點害怕，反而覺得有點欣喜若狂。

陶豹從連環馬陣中奔出，那些被鎖起來的連環馬陣無法掙脫開鎖鏈，也就無法追趕陶豹，只能慢悠悠地向前挺進。

不一會兒，陶豹便駛出連環馬陣，在重步兵讓開的路中回到本陣。

「大家小心了！」黃大看見奔來的連環馬陣，提醒道。

「砰」的一聲巨響，連環馬陣和重步兵結實地撞在一起，巨大的衝擊力立刻將最前排的重步兵撞倒在地，被馬蹄給踩在腳下。

「頂住！」

黃大站在第三排，看到第二排的士兵擲出了手中的鋼戟，同時雙手舉起盾牌，咬緊牙關，吃力地頂在馬頭上，腳下不時地向後鬆動，帶起了一些鬆軟的泥土。

「呀！」第二排士兵使勁頂住連環馬的推進，卻不期連環戰馬背上的燕軍騎兵用長槍一個接著一個，將他們沒有鎧甲防護的身體刺穿。

「刺！」黃大眼看第一排的重步兵就要死光了，急忙大喊道。

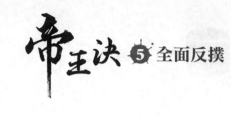

第八章

萬綠叢中一點紅

唐一明撿起頭盔，道：「這可是萬綠叢中一點紅，
若不是我發現你戴的盔纓是白色的，只怕你早自盡而亡了。
來，快去謝謝你的救命恩人，若不是他的一支長箭，
縱使陶豹反應再怎麼敏捷，也決計不會救下你。」

整個戰場上最為血腥的場面在此時出現了，黃大左手揮動著盾牌，右手刺出鋼戟，盾牌擊中在連環馬的頭部上，鋼戟刺穿了馬背上的騎士，其餘士兵也都訓練有素，統一地做出動作，將連環戰馬背上的燕軍士兵給刺死、戰馬給擊斃。

一陣馬匹的哀鳴長嘶，最前排的連環戰馬轟然倒地，遲滯住後面馬陣的前進道路。

「黃大！接刀！」陶豹突然從空中將破軍給拋了過來，並且大聲喊道。

黃大扭頭，看見破軍在空中飄落，他隨手擲出手中鋼戟，刺穿了一名燕軍騎兵，再急忙接住破軍寶刀，一入手，便有恃無恐地轉身殺到連環戰馬陣中，一番亂砍，又是幾顆人頭落地！

「反攻！」黃大咆哮著。

血性的漢子們紛紛舉起手中的鋼戟，在盾牌的掩護下，不管前面是人還是馬都是一通亂刺，硬是阻止住了連環戰馬的前進。

「轟！」一顆炮彈在輕騎兵陣中爆炸，地面上立刻出現一個很大的深坑，十幾個燕軍騎兵連人帶馬變成了一團肉泥，殘骸灑得到處都是。

燕軍士兵還驚恐未定，緊接著又是一顆炮彈落在騎兵陣裏，這次在炮彈落下的同時，所有的戰馬都魂飛魄散，向四周逃竄，燕軍陣形立刻亂成一團，馬匹不顧一切地左右亂竄，踏死不少戰馬和士兵。

「轟！」第三顆炮彈落下時，整個燕軍都亂成了一鍋粥，被鐵索鎖住的連環戰馬爭相嘶鳴，各自向四處使力。

奈何鐵索鎖得太緊，戰馬掙脫不出，彷彿戰馬受到了驅使一樣，成排成排的胡亂奔跑，互相踐踏。

黃大的重步兵早已退了回來，嚴陣以待，看到炮彈不斷地在中間爆炸，那些燕軍士兵人仰馬翻，肢體亂飛，心中別提有多高興了。

「劉三！該你登場了！」唐一明扭頭對身後的劉三說道。

劉三嘿嘿一笑，帶著身後一直沒有參戰的輕步兵，火速地散開到兩邊，在炮火的掩護下，迅速衝了出去。

所有的輕步兵手中都握著一支火把，另外一隻手中握著鋼戟，他們舉起手中的鋼戟和火把，穿梭在戰場上的各個角落裏，一旦遇見燕軍，便用火把劃過他們的身體和坐騎。

燕軍身上一經火把劃過，立刻便泛起一層白煙，出現嗤嗤的響聲，暗暗地發著光，似乎要燃燒起來。

驚慌失措的燕軍以為自己要著火了，紛紛縱馬狂奔，躍進護城河裏。一時間，寬闊的護城河變得擁擠不堪，馬匹和人都夾在一起，後來的壓在先到的身上，馬蹄四處亂舞，又增加許多死傷。

皇甫真見到突如其來的變故，還不知道發生了什麼事，正猶豫間，不料對面的孫虎策馬奔來，手起一戟，便劃破了他的胳膊。他大叫一聲，便策馬奔回，奈何姚襄、馬倫等人已經清理了右翼的戰場，堵住燕軍回城的道路。

廣固城上，慕容軍見到本來形勢一片大好的燕軍，在一瞬間潰敗，漢軍又堵住了皇甫真回城的路，急忙叫道：「快開城門，所有士兵全部殺出去！」

廣固城外。

皇甫真率領三百親隨，陷入了漢軍的包圍之中。他尋望四周，仰天長嘆：「蒼天啊，難道我皇甫真今日要死在此地嗎？」

唐一明遠遠地見到皇甫真被包圍，雖然周邊還有一千多零星的騎兵試圖衝進去解救皇甫真，可是面對一萬多名武器裝備精良的漢軍，也只是徒勞無益罷了。

「太好了！皇甫真被圍，只要幹掉他，廣固城中剩下的幾千士兵就不是我們的對手了。快傳令下去，不論死活，都要皇甫真拿下！」唐一明下令道。

唐一明大喜過望，他與皇甫真交手也算多次，可每次都讓他僥倖逃走，這次看到皇甫真被團團圍住，哪裡能不興奮？解決掉八大將之一的皇甫真，就等於斷掉了慕容恪的一隻臂膀。

漢軍士兵接到命令，姚襄步步為營地指揮著所有的騎兵朝中間圍了過去。

黃大帶著重步兵，踩著中間被炮彈炸得不成樣子的屍體，迅速經過幾十個彈坑，向著皇甫真被圍的地方跑去。

「將軍，我們已經被團團包圍，退路也被堵死，漢軍勢大，不如衝殺出去，渡過黃河，再搬兵來攻打！」皇甫真帳下一員叫趙乾的偏將建議。

皇甫真怒道：「不！我絕對不走，大將軍將廣固城乃至整個青州交給我，我若是把青州給丟了，還有什麼顏面回去見大將軍？又有何面目見陛下？趁著漢軍圍得不緊，西北角還有些鬆散，你們全部向西北角衝出去！」

趙乾道：「將軍，那你呢？」

「我不走！就算死，我也要死在青州的土地上！」皇甫真毅然決然地道。

就在這時，慕容軍率領廣固城中的最後三千精騎衝了出來，迅速駛過吊橋，從姚襄的羌騎背後衝開一個口子，直接殺入了包圍圈！

「小將軍，我在前面開路，你跟隨我！」慕容軍剛剛駛入包圍圈，便帶著部下，向北殺去，喊道。

慕容軍手中揮舞著狼牙棒，一馬當先，所到之處，漢軍羌騎盡皆落馬，身後跟的三千精騎無不死命拼殺，只用片刻工夫便衝開一條血路。

慕容軍在城樓上看得仔細，見皇甫真被圍，料想城中的三千精騎也擋不住唐一明的大軍，不如率軍而出，救出皇甫真，渡過黃河以求另作他法。

他早就看好了突圍的地方，知道漢軍北端的兵力薄弱，所以一經衝殺入陣中，便迅速向北突圍。

此時漢軍已經圍了過來，孫虎帶著五百騎兵猛然衝了過來，皇甫真還沒有反應過來，手下的三百騎兵便戰死了一百多，他和部下又陷入了廝殺之中。

「王爺已經為將軍殺出了一條血路，將軍快走！」趙乾一槍挑下一個漢軍騎兵，扭頭對皇甫真喊道。

「我不走！我要死戰此地，力保廣固！」

皇甫真長槍抖動，奮勇殺敵，絲毫沒有退走的意思。

趙乾苦苦勸道：「留得青山在，不怕沒柴燒，你們速速護送皇甫將軍離開！」

「是！」五十名騎兵同聲答道。

「皇甫真哪裡走！」孫虎揮著鋼戟馳馬飛來，見燕兵簇擁著皇甫真向北逃走，立即喊道。

「有我在此，賊將休得猖狂！」

趙乾策馬來迎，長槍刺出，大聲叫道。

孫虎迎面看見一桿長槍迎面撲來，大戟一揮，將長槍撥開，與趙乾站在一起，並且叫道：「休要走了皇甫真！」

姚襄的弟弟姚蘭戰死，又是被皇甫真親手所殺，哪裡能不氣？看見皇甫真欲向北而去，便吆喝一聲，招來數百羌騎跟了過去。

姚襄一邊追趕，一邊大聲道：「皇甫真，哪裡逃！」

與此同時，黃大的重步兵趕到，迅速分站在護城河兩岸，河中的燕軍見了，不敢亂動。

「投降者免死！」黃大喝道，猶如驚天一雷，震懾住河中的燕軍。

劉三的輕步兵已經衝過了吊橋，因為城中沒有一個燕軍，很快便進入城池，將漢軍的大旗插在廣固城的城樓上，旗幟迎風飄揚。

慕容軍殺開血路，帶著手下三千精騎，擋住零星追來的漢軍騎兵，接應住皇甫真。

「王爺……」

皇甫真見到慕容軍後，一時百感交集，面色淒涼，不知道說什麼才好。

「皇甫真！還我兄弟命來！」

「皇甫真，哪裡逃！」

姚襄眼中帶著怒火，帶著五百騎兵追了過來。

在五百騎兵身後，還源源不斷地跟來許多羌騎，三三兩兩地四散開來，乍看之下，猶如萬馬奔騰！

「小將軍，你先走，向北到樂安郡，那裏還有五百駐軍，然後渡過黃河，傅彥在南皮還有些許兵馬，讓他趕緊佈置黃河防線！」慕容軍叫道。

皇甫真愣道：「王爺，你不走？」

慕容軍冷笑一聲，道：「姚襄欺人太甚，如果不現在挫敗他，他會一直追來，我們也極難逃脫。你快走，這裏有我應付，三天後，我們南皮見！慕容強，你帶一百騎兵護送皇甫將軍速速離開！」

慕容強驚道：「父王，你……」

「別管我，快走！」慕容軍怒吼著。

慕容強莫可奈何，只好喊道：「跟我走！」

「王爺，保重！」

皇甫真在慕容強和一百騎兵的護衛下，向北狂奔而去。

慕容軍喝道：「將士們，羌人長久以來欺凌我軍，去年更是屠殺我數萬將士，今天敵人雖勝，我軍也未嘗敗績，你們都是我千挑萬選的幽州突騎，跟隨我多年，今天，就請讓羌人見識見識我們幽州突騎的厲害吧！」

「為大燕國而戰！」

兩千七百多名燕軍騎兵異口同聲地喊了出來。

緊接著，燕軍騎兵一致面朝南，看著隊形不整，直衝而來的姚襄和羌騎，迅速地衝了出去。

姚襄見到燕軍這最後的一點騎兵不退反戰，冷笑一聲，回首看著五千騎兵，自負地說道：「區區不到三千多的兵馬能奈我何？給我衝，殺死這些鮮卑人，讓他們嘗嘗我們羌人的厲害，替死去的族人報仇！」

同是馬背上的民族，同樣是善於騎射和突擊的騎兵，身體卻流淌著不同種族的血液，兩個民族的精銳騎兵此刻碰撞在一起，展開了激烈的廝殺。

慕容軍舞動著手中的狼牙棒，帶著兩千多名精神飽滿、鬥志昂揚的幽州突騎，與姚襄的羌騎只經過一個來回的衝殺，便以少數的傷亡解決掉了姚襄部下的一千多騎兵。

兩軍分開，姚襄騎在馬背上，看到剛剛衝殺過來的地方上躺著的羌騎多過鮮卑騎兵，不覺一怔：「這……這怎麼可能？我軍武器裝備都很精良，為什麼只一個來回便死了那麼多人？」

慕容軍策馬而出，將手中的狼牙棒高高舉起，大聲叫道：

「姚襄！你不要欺人太甚！我軍雖然守不住廣固城，但要屠殺你們這些羌人還是綽綽有餘！這些都是我精心培養的幽州突騎，各個都是身經百戰的驍勇之士，勸你不要相逼。還煩勞你回去轉告漢王，有我慕容軍在，請不要派任何追兵！我軍在青州大勢已去，黃河之南就暫且歸你們漢軍，若是一再相逼，大將軍揮師向東之際，便是你們漢軍命喪之時！」

說完，慕容軍便和手下的幽州突騎一起緩緩地向北撤走。

「軍長！要不要追？」姚華站在姚襄身側問道。

姚襄搖搖頭，道：「慕容軍也是個英雄，手下的幽州突騎實在太過厲害，手段也很毒辣，長槍所刺之處都是我軍士兵的咽喉，在馬上對戰還能刺得如此準確，我軍不如也！」

姚華不甘心地說：「那……兄長的死就這樣算了？」

「戰爭難免有所死傷，不能以個人的生死而亂了大局，如果我們執意要追，只怕我老羌的實力會大大削弱。回去！」姚襄淡淡地說道。

姚襄、姚華帶著羌騎撤退到廣固城外，但見一群騎兵將兩名騎士圍在坎心，坎心中，兩名騎士正在進行生死搏鬥，互不相讓。

姚襄勒住馬，定睛仔細一看，竟是孫虎正在與燕軍的一個偏

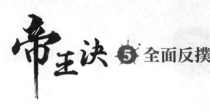

將纏鬥。

戰陣中，趙乾和孫虎酣鬥已經二十多回合，而周圍除了趙乾一人是燕軍之外，全是漢軍。孫虎早有吩咐，要獨戰趙乾，不允許有人幫忙。

趙乾也不畏懼，面對漢軍的包圍，早已將生死置之度外，便專心與孫虎一戰。

他與孫虎纏鬥許久，見孫虎越戰越強，便嘿嘿笑道：「小子，你還有兩下子啊！」

孫虎不過才十五歲，自然看著像個毛頭小子。他聽到趙乾如此喊他，便怒斥道：「我不是小子，我是老子！別說兩下子，老子還有三下子、四下子！」

趙乾聽到孫虎如此說，便道：「你的武功不弱，我若是死在你的手上，也不枉此生了；可惜你還是個孩子，我若是殺了你，豈不是喪失了一個英才？」

「呸，想殺我？門兒都沒有！」孫虎大罵道。

論武功，在漢軍裏，陶豹排第一，金勇排在第二，黃大第三，孫虎第四，姚益第五，趙乾能與排在第四的孫虎打得難解難分，武功自然不弱。

趙乾見孫虎口出狂言，便道：「小毛孩子口出狂言，讓你見識見識我的厲害！」

話音剛落，便見他手中長槍斗轉，如舞梨花般的刺出了凌厲的數槍，讓孫虎備感吃力，差點沒招架住。

「好一桿長槍！」

坎心外圍突然傳來一聲巨吼，陶豹提著鋼戟，縱身從馬背上跳了下來，從人群裏擠出來，出現在坎心裏。

「豹哥，這傢伙好生厲害，剛才那幾槍，我差點沒有擋住！」孫虎見陶豹來了，急忙道。

陶豹嘿嘿笑道：「俺就是喜歡厲害的，小虎，你閃開，讓我來！」他將鋼戟朝面前一橫，胡亂地揮舞了幾下，指著馬背上的趙乾叫道：「欺負小孩子不算英雄！你！騎馬過來攻俺！」

「我不是小孩子！」孫虎翻身下馬，走到陶豹旁邊怒道。

陶豹一手將孫虎推開，瞪著渾圓的大眼，道：「一邊待著去，毛還沒長齊呢，不是孩子是什麼？」

圍觀的漢軍一聽，緊張的氣氛霎時消滅，哈哈大笑了起來。

孫虎有點畏懼陶豹，不敢回嘴，便將手中的鋼戟插在地上，一屁股坐在地上。

「滾遠一點，在這裏礙事，毛孩子！」陶豹揮著手道。

孫虎「哼」了一聲，拔起地上插著的鋼戟，朝陶豹吐了吐舌頭，便走到後面的人群中去了。

陶豹見趙乾騎在馬背上，離他老遠，一動不動地站在那裏，便喊道：「喂！你這個傢伙，到底來不來攻俺？你要是不來，那俺可就要去攻你了！」

趙乾冷笑一聲：「哼！好大的口氣，我怕一會兒你身上會多出了幾個窟窿！」

陶豹譏笑道：「俺的身上窟窿已經夠多了，眼睛、鼻子、嘴巴、耳朵……啊，還有一個屁眼，不需要你再給添什麼窟窿了，倒是俺想給你戳出幾個窟窿，乾脆就從你屁眼戳進去，從嘴裏出來算了，哈哈哈！」

「哈哈哈……」圍觀的漢軍士兵聽了，不禁笑得前仰後合。

趙乾大怒道：「士可殺不可辱！」話音落下，縱馬提槍，快馬向前奔向陶豹，接連刺出了幾槍。

陶豹不躲不避也不閃，將手中大戟向前一揮，然後身子稍微一扭轉，一個轉身便與趙乾擦肩而過，與此同時，他手中大戟的柄端也同時揮出，一戟便打在趙乾的背上。

趙乾身體向前一傾，感到背上一陣酸麻，疼痛不堪，心中不禁一凜：「這醜漢子的功夫深不可測，遠在我之上，能死在他的手上也算值了！」

兩人分開，陶豹嘿嘿笑道：「小子，這一戟幸虧是柄端，要是戟頭的話，你不死也殘廢了。看你年輕，讓你三個回合，來，還有兩個回合，等再打完兩個回合，俺可就要取你的狗命了，給俺孫虎兄弟解氣，誰讓你剛才欺負他來著！」

當劉三將漢軍的大旗插在廣固城的城樓上時，唐一明立即對關二牛說道：「走，是該入城了！」

關二牛便隨著唐一明騎著馬悠悠前行。途中經過幾十個彈坑時，唐一明看到燕軍血肉模糊的屍體，忍不住發出一陣嘆息。

俄而，突然聽到一陣歡笑聲，見東北方幾百個騎兵圍成一圈，便問道：「二牛，過去看看是怎麼回事！」

關二牛剛走，黃大一臉喜悅地跑了過來，報告道：「大王，這一站俘虜了不少燕軍，我們要如何處置？」

「一共俘虜了多少人？」唐一明問。

黃大回道：「差不多有一萬人。」

「嗯，是個不小的數目，暫時全部關押起來，等安頓城中的一切之後再作定奪。」唐一明想了想道。

黃大應命而去。

「大王，是陶豹和燕軍的一個偏將在打鬥！」關二牛快馬馳回，稟告道。

唐一明好奇道：「單打獨鬥？敢跟陶豹單挑的，也算是個漢子了，過去瞧瞧。」

包圍圈中，就見陶豹握著鋼戟，怒目看著趙乾，挑釁道：「小子！三個回合已過，你是放馬過來攻俺，還是俺過去攻你？」

趙乾突然翻身下馬，仰天大笑道：「你是個英雄，我打不過你，沒什麼好說的，你不就是想要我的命嗎？也不用那麼麻煩，我給你就是了！」

說完，趙乾便將長槍的槍頭朝地上一插，抽出腰中繫著的彎刀，架在脖子上，朝天冷笑道：

「今天能死在這裏，我死而無憾！」

「不能讓他死！」唐一明聽到趙乾的話，立即阻止道。

一支黑色的長箭劃破長空，從北邊飛來，一箭射在趙乾手中彎刀的刀面上，發出「錚」的一聲脆響。與此同時，陶豹一個縱身便撲了過去，抱起趙乾在地上翻了幾個滾，然後用身體將趙乾牢牢壓住，趙乾手中的彎刀也跌落在地上。

「大王不讓你死，你就不能死！」陶豹將趙乾牢牢地控制住，喝道。

趙乾扭頭看到唐一明，全身穿戴無處不透著一股威風，心中一驚，暗道：「原來他就是漢王，沒想到漢王如此的威武！」

「你……為什麼不讓我死？」被陶豹壓在身下的趙乾不解地問道。

「因為你的盔櫻是白色的！」唐一明指著趙乾跌落在一旁的頭盔，道。

趙乾納悶地道：「白色又如何？我仍是燕軍的將軍！」

「陶豹，放開他！」唐一明令道。

陶豹緩緩站起，唐一明伸出手，拉起躺在地上的趙乾，說道：「以前你是燕軍的將軍，以後，你是漢軍的將軍。」

這句話雖然平淡無奇，但任趙乾再怎麼笨，也聽得出唐一明是想招降他。他目光流轉，仔細地看著唐一明，終於做出決定，跪在地上叩首道：「多謝漢王不殺之恩，末將願誓死追隨漢王！」

唐一明呵呵笑道：「好，起來吧，我聽說了，你的武功不錯，就暫且在陶豹的騎兵團裏共事吧。」

趙乾站起來，大聲道：「多謝漢王！」

唐一明從地上撿起趙乾的頭盔，看了看白色的盔櫻，道：「這可是萬綠叢中一點紅，若不是我發現你戴的盔櫻是白色的，只怕你早自盡而亡了。來，快去謝謝你真正的救命恩人，若不是他的一支長箭，縱使陶豹反應再怎麼敏捷，也決計不會救下你。」

趙乾扭臉看到一個騎在馬背上的將軍，正是羌騎首領姚襄，便走過去，大聲說道：「多謝將軍救命之恩！」

姚襄道：「不足掛齒，我看武功不錯，以後就跟著大王，好好地振興我們漢國吧。」

趙乾道：「是！」

「好了，皆大歡喜，雖然沒有抓住皇甫真，卻奪得了廣固城，也算是大功一件。走，進城！」唐一明大聲高呼道。

第九章

百姓歸心

一連三天下來，漢軍都是如此，
從不去騷擾百姓，更不會去搶奪百姓，
百姓們但凡有什麼需要幫忙的，士兵們皆很樂於效勞；
加上唐一明又頒佈了幾項法令，漸漸地使得百姓歸心，
穩住了廣固城局勢。

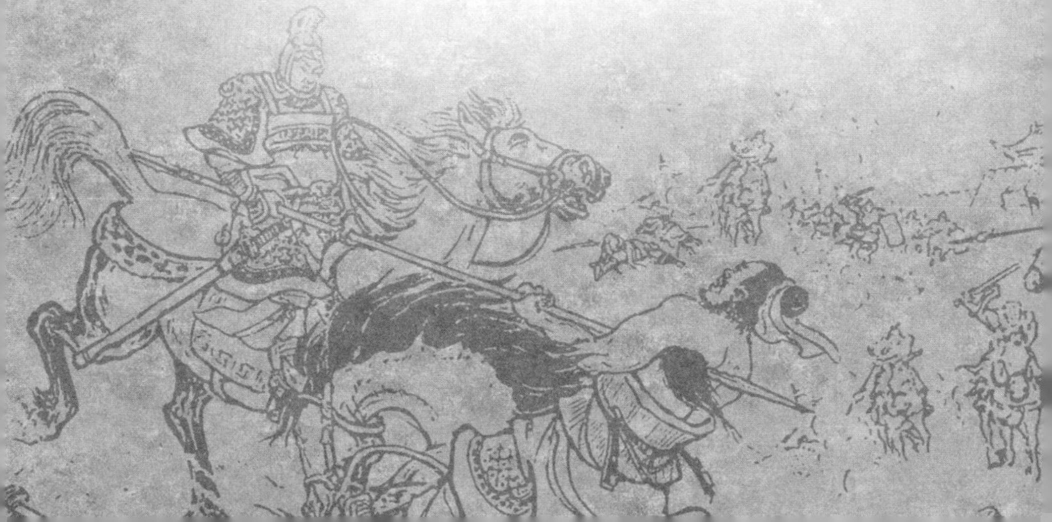

漢軍入城，寬闊的街道上空無一人，百姓們一聽說漢軍入城，都先躲了起來，紛紛藏在自己家裏，將門窗緊閉。

雖然那些百姓都是漢人，但是長久的戰亂，使得這些百姓也變得驚心起來。每當城池易主，必然會遭來一陣燒殺搶掠，所以人人自危，即使知道來的是漢軍，卻沒有人敢出迎。

「大王，俺聽說這裏有二十萬百姓，可是為什麼顯得如此冷清？俺到現在除了看見燕狗外，別的什麼人都沒有見過。」陶豹左顧右盼一番，好奇地問道。

唐一明呵呵笑道：「你還記得攻進濟南城時的景象嗎？這裏和濟南城差不多，老百姓都是充滿了恐懼，害怕我們縱容士兵燒殺擄掠，所以不敢出來，躲在家裏。」

攻下濟南城時，唐一明就已深深地感受到老百姓對軍隊的害怕，不管是哪一支軍隊都一樣。

陶豹聽了，突然縱馬向前，一邊跑著，一邊大喊道：

「喂！你們都出來啊，俺漢軍不是壞人，不會搶奪你們的財物的！快出來啊！」

「陶豹，回來！」唐一明喝道。

陶豹回到隊伍中，唐一明道：「不許亂叫，你越這樣，他們越會感到害怕。」

「那怎麼辦？」陶豹問。

唐一明道：「還像在濟南城那樣辦，先開倉放糧，然後張貼告示，信心喊話一番，只要過個兩三天，百姓們知道我們和其他軍隊不一樣，就會自然而然地親近我們的。」

陶豹「哦」了一聲，道：「大王，沒有攻打廣固之前，就聽俺手下原先在燕軍裏當過兵的說，廣固的宮殿十分漂亮，咱們快點過去看看吧！」

唐一明點點頭，將命令傳達下去，讓劉三的輕步兵看管府庫貨倉，其他士兵一律留守城門，負責清理城外的戰場，之後，便帶著陶豹、孫虎等人，朝城中的宮闈而去。

逝去的總是美好的，猶如美麗的流星短暫的劃過，卻留下了永恆。燕軍走了，留下一座偌大的廣固城和大批的糧草輜重，依然保留著謝幕時的姿態。

日落西山，天上迤邐著幾塊白色的雲彩，塗上一層晚霞，宛如鮮豔奪目的彩緞裝飾著碧藍的天空，和青山綠水媲美，映襯出春天的風光。

唐一明等人在趙乾的帶路下，轉過幾個大彎，便看見坐落在城中一座宏偉的宮殿。

這座巍然而立的龐大建築，斗拱交錯，黃瓦蓋頂，像是一座金鑾殿。前面並排有十根石柱，每根石柱上都雕刻著兩條巨龍，一條在上，一條在下，盤繞升騰，騰雲駕霧；中間有一顆寶珠，圍繞著火焰，意為兩條巨龍在爭奪寶珠！

還沒進門，唐一明便感受到一股龍興之氣，看到這樣的宮殿，難免心中有所癡想，忍不住說道：「這宮殿建造的真豪華，都快趕上故宮了。」

「故宮是什麼地方？」黃大問道。

唐一明怔了一下，趕忙掩飾自己的口誤，呵呵笑道：「一座宮殿而已，沒什麼。」

黃大說道：「大王，這還不算漂亮的，比起鄴城的宮殿來，簡

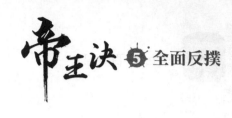

直差了十萬八千里。」

「鄴城是冉魏的國都，冉魏以前是後趙的都城，宮殿自然要比這裏的豪華了，不過，想要到鄴城也不是不可能的事，等我在這裏站穩腳跟，燕軍和晉軍大決戰之後，帶兵攻進鄴城是遲早的事啊。」唐一明心中想道。

「真漂亮啊！」陶豹發出一聲讚嘆，他是山裏的野漢，從來沒有見過這樣的宮殿，難免大驚小怪。

「大王，裏面更漂亮！」趙乾道。

「走！進去看看！」唐一明興奮地道。

進入宮殿大門後，眾人便看見一座頗具威嚴的大殿。殿頂滿鋪黃琉璃瓦，鑲綠剪邊，殿前各有金龍盤柱，殿身的廊柱是方形的，方柱下有吐水的螭首，兩柱間用雕刻的整龍連接，龍頭探出簷外，龍尾直入殿中，實用與裝飾完美地結合為一，更添殿宇的帝王氣魄。

「奇怪！這裏怎麼會有如此的宮殿？」唐一明看周圍都有雕龍盤旋，好奇地問道。

趙乾解釋道：「大王有所不知。這座宮殿原本是齊王段龕修建的，他吃的、用的、住的都極為奢華，所以修建的宮殿也無處不精心打造，這才有了雕龍盤旋的宮殿。」

「哦，原來如此。在亂世裏，段龕還如此奢華，豈有不敗之理！」唐一明感慨道。

接著，趙乾帶著唐一明等人將整座宮殿流覽了一遍，邊走還邊解說，活像個導遊一樣。

參觀完這座宮殿，不知不覺天色便黑了，唐一明看著遼闊的天際，不禁默想道：「千年後，這座雄偉堪比故宮的宮殿，又會變成什麼樣子？」

一夜，就這樣過去了。

第二天，唐一明和軍隊用過早飯，便開倉放糧，並且派出士兵在街上廣為宣傳。

聽到消息，百姓們帶著一絲戒備，捧著家中的鍋碗瓢盆，陸續地來到府衙後面的糧倉。

士兵在那裏維持秩序，讓百姓們去發放糧食的地點排好隊伍。

「站好！站好！都排好隊，不許插隊，人人有份！」士兵吆喝著。

漢軍將燕軍打跑後，糧倉便被漢軍接管，昨天天色晚了，沒有進行糧食發放，也就是說，城中的百姓昨天晚上都沒有吃飯。也難怪他們一聽到開倉放糧，雖然心中有所畏懼，為了活命，也不得不壯大膽子出來接糧。

只是二十萬人，這要排到什麼時候啊！

趙乾見人頭湧動，亂成一團，不時還有插隊的，十分沒有效率，便對唐一明說道：「大王，這樣下去，只怕到明天早上也發不完。不如效仿燕軍以前發糧的方法，讓士兵帶著糧食，到指定區域發給指定的戶數。」

唐一明聽了道：「嗯，你這個方法不錯，只是大戰之後，沒有那麼多士兵！」

「也不用太多，一萬人足矣，不如就交給那些投降的燕軍來做吧。」趙乾建議道。

唐一明道：「交給他們？萬一……」

他後面的話沒說出口，他對鮮卑人還是有點不放心，萬一鮮卑人又鬧將起來，就算是赤手空拳，也能拼出一番血路來，何況他們又有糧食在手！

趙乾道：「大王，屬下知道大王所擔心的是什麼。只是鮮卑人與我們漢人不同，被俘虜了就是恥辱，要麼自殺殉國，要麼投降活命，希望在敵對國那裏能獲得軍功，洗刷自己被俘虜的恥辱。在鮮卑武士的眼裏，只要是認定的事就不會再反叛，他們既然全部投降大王了，就說明他們願意跟隨大王。」

「真的沒有人反叛？我知道燕國之前有不少人反叛，其中還有燕國的皇族。」唐一明不放心地道。

趙乾道：「大王，燕國武士和那些首領不一樣，他們宣布效忠誰，就必定會竭盡全力保護誰，與那些首領們不同，武士的命運十分簡單，如果被俘，就只有死或者降，一旦投降，就會為其賣命，不管對方是不是他們之前的首領。末將以人頭擔保，此事交給那些投降的鮮卑武士去做絕無問題，若是出了什麼意外，末將願血濺當場！」

唐一明聽趙乾說得十分誠懇，便道：「好吧，那就交給這些武士來做，不過，你也不用在騎兵團待著了。」

「大王……我……」趙乾急忙跪在地上叩首道。

「你別誤會，你對燕軍十分瞭解，又曾經是燕軍的將軍，就由你帶領這一萬燕軍降軍，負責管理那些鮮卑武士。」唐一明扶起趙乾，笑著說道。

趙乾聽後，連聲感謝。

唐一明按照趙乾的建議，將糧食分批交給那一萬名鮮卑武士，果然很快便取得了成效，糧食在短短的兩個時辰內便分發完畢。

一連三天下來，漢軍都是如此，不僅沒有侵害百姓的一點利益，而且從不去騷擾百姓，更不會去搶奪百姓，百姓們但凡有什麼需要幫忙的，士兵們皆很樂於效勞；加上唐一明又頒佈了幾項法令，漸漸地使得百姓歸心，穩住了廣固城局勢，沒有造成暴亂事件。

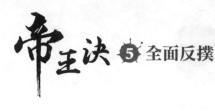

這日，姚萇從黃河邊傳來消息，皇甫真、慕容軍都渡過黃河，而且燕軍在黃河北岸佈防，防止漢軍北渡。唐一明接到消息後，便召集眾將，在漢王府大殿中議事。

大殿中，眾將齊聚一堂，唐一明坐在王位上說道：

「姚萇傳來消息了，皇甫真、慕容軍已經渡過黃河，黃河北岸的燕軍也封鎖了渡口。這樣一來，廣固被我軍佔領，甚至整個青州地區被我軍佔領之事，會很快傳到燕帝慕容儁的耳裏。不過，以我推算，燕軍現在還沒有兵力進行征伐，所以，我軍必須趁著這次的大軍勝利，迅速攻佔黃河以南的青州各個郡縣。我還是那句話，凡是投降者，免死！」

「太好了，又可以打仗了！」陶豹摩拳擦掌地叫道。

「大王，周邊的郡縣總兵力加在一起還不到五千人，很好攻佔，不過，那些郡縣以前有絕大一部分是齊王段龕的臣民，此次我們趕跑了燕軍，只需派出少許輕騎，就能使得其他各郡不戰自降，不必動用大軍。」姚襄說道。

唐一明點點頭，笑道：「得廣固者得青州，好！姚襄、陶豹、孫虎，騎兵多數是你們三個的部下，此事就交給你們去做，凡是投降的各郡官員，都派人將他們帶到廣固來，至於那些郡縣裏的官員，你們就讓百姓推舉出一個太守或者縣令，讓他們自己管理自己，並且轉達我們的美意，讓他們知道我們漢軍和其他軍隊是不一樣的，知道了嗎？」

姚襄、陶豹、孫虎齊聲答道：「是，大王！」

「另外，劉三，你帶領部下到青州的最東部，那裏有大片的海域，你將部下以營為單位，分散沿海各個地方，暫時先駐守在那裏，等候我的下一步命令！」唐一明道。

劉三好奇地問道：「大王，為什麼要去守海岸線？」

唐一明賣著關子道：「呵呵，這個嘛，自然是有用處的，等穩定了整個青州並且攻下徐州之後，你們就知道了。你就照我說的話去做，知道了嗎？」

劉三道：「是，漢王，屬下遵命！」

吩咐完畢，唐一明便對關二牛說道：「二牛，還是要麻煩你一次，去一趟東安郡，讓軍師準備準備，等青州各地都降了，讓他攻打徐州。」

關二牛道：「是，大王！」

十天後，黃河以南的青州各郡縣紛紛不戰而降，廣固城牆也修繕完畢，漢軍分散在青州各地，逐漸穩住了青州局勢。唐一明派黃大支援王猛，和王猛一起攻打徐州。

半個月後，徐州不戰而降，呂護戰死，王猛便留在徐州。一個月後，唐一明派遣趙乾、李國柱替換王猛，至此青州和徐州的攻略計畫算是完成了。

太陽剛從東山露出臉，射出道道的強烈金光，像是在慶祝王猛的凱旋。

四壁抹著半藍半灰無以名之的顏色，牆壁上掛著幾根馬鞭、一把長劍、兩幅地圖，這裏是唐一明的書房。

唐一明站在其中一幅地圖面前，手指輕輕地在地圖上畫了幾下，在心中勾勒出漢國的疆域圖，乍看之下，與偌大的全國地圖相比，地盤確實很小，可是，秤砣小壓千斤，就是靠近沿海的青州和

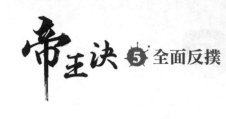

徐州也預示著唐一明的崛起。

「大王，漢國初次鼎力於天下，雖然只有青州和徐州的部分領土，卻也是個國家。每個國家都應該有自己的法度來約束百姓的行為舉止，鞏固國家政權是當務之急該做的事。」一旁的王猛建言道。

唐一明轉過身子對王猛說：「軍師，你是一國之相，這些事就要麻煩你了，我才疏識淺，沒有讀過太多的文人經典，只能簡單地制定一下大致方針，至於詳細的律法，還是要交給你這樣的人來處理。以法制人確實不錯，可是也不能太過，絕不能像先秦一樣，制定出暴政苛政來，不然的話，百姓怨聲載道，我們也會大失民心，更無法立足於天下，我不想咱們一手打下來的漢國只是曇花一現。」

王猛自己就出身於布衣，自然能體會到民間疾苦，便道：

「大王的意思我懂，要給老百姓一個寬鬆的環境，在我們漢軍的保護下能夠過上安居樂業的日子。法律我已經制定好了，還請大王過目！」

唐一明接過王猛遞來的一卷文書，打開後細細地看了一遍，滿意地點點頭道：「軍師深得我心，如此去繁化簡的法律條例，確實是一目了然，雖然只有二十條，卻字字珠璣，涵蓋各個方面。好，就將此法定為我漢國的法律吧，以後若是遇到什麼疏漏的地方，再彌補其中不足就是了。」

「是！另外，這裏還有一道擴軍的軍令，也請大王過目！」王猛接著說道。

唐一明接過文書，看了說道：「軍令上沒有什麼問題，只是擴軍到十萬，不知道百姓會是如何反應？」

王猛回道：「大王放心，現在我軍已有軍隊七萬，三萬女兵，四萬男兵，三萬女兵可以用來維護地方治安，十萬男兵才是正規軍，畢竟女人打仗比起男人來不夠悍勇，而且用女人打仗也會讓其他國家恥笑，以為我們漢國沒有男兵，只能靠女人來保護國家的安全。」

唐一明拍了拍王猛的肩膀，道：「這樣吧，如果要擴軍的話，就一次解決，將軍隊擴至二十萬，男兵十萬，女兵十萬，咱們的百姓中以女人最多，將她們召集起來慢慢訓練，總有一天會成為一種主流。男兵在外守衛邊疆，女兵在內鎮守地方。另外，既然是國家，就應該有個國家的樣子，軍隊裏一直沒有軍餉，他們跟著我們也只是為了填飽肚子，你在軍令中加上一條，按照普通士兵的標準發放軍餉。錢現在雖然沒有多大用處，可是以後會派得上用場的。」

「是！大王還有什麼要吩咐的嗎？」王猛道。

唐一明想了想，繼續道：「在民政方面也要下下工夫，原本的五局繼續沿用，不過要設立等級，分別為農業部、公安部、工商部、水利部、民政部，再加上一個建設部，合稱六部。六部歸軍師直接調遣，就設立在王城中；地方上，各郡裏在六部之下設立六廳，縣裏面就設立六局，至於官員選拔上面，軍師就要辛苦辛苦了。」

王猛點點頭，道：「無規矩不成方圓，大王說得極是。按照我們漢軍現在在百姓中的影響力，施行起來應該不難。因為百姓們都在誇讚大王，說大王是個愛民如子的大王，說我們漢軍是百姓的軍隊。」

「百姓如此稱讚，並非我一個人的功勞，沒有你和底下的許許多多的人，無論如何我也不會有這番成就的。」唐一明謙虛地道。

王猛笑道：「大王太過自謙了。對了大王，是否將王妃和兩位美人接到王府來？」

唐一明道：「這個是自然的，我們已經正式將廣固城定位為王城，她們是我的老婆，不住在王城還能住在哪裡？另外，讓楊元、周雙、趙六留守泰山，那些煤礦鐵礦的工人和六萬百姓也都留守，其他的百姓全部遷徙到青州各郡縣裏進行開墾，要將這片荒蕪的土地治理成為一片片的良田，我們才能長久地生存下去。就這些了，你去傳達我的命令吧！」

王猛點點頭，緩緩地退出書房。

唐一明轉過身子，雙眼看著壁上掛著的地圖，手指輕輕地觸摸關中的大地，他的內心裏甚至比西征軍的統帥慕容恪還關心這場戰爭。

在唐一明派出軍隊攻打青州和徐州的同時，他也不忘記派出偵察兵去打探燕國西征軍的消息，可是一連串的消息傳來，卻讓唐一明顯得焦躁不安。

慕容恪所率領的四十萬燕國西征大軍被秦國的符雄和鄧羌率領的十萬秦兵擋在潼關外，兩軍血戰月餘，死傷數萬將士，卻仍在對峙。

聽到這個消息後，唐一明覺得自己似乎低估了秦國人的真正實力，變得更加憂心起來。

如果慕容恪攻不下秦國，那麼他之前所制定的戰略方針就無法實現，借刀殺人之計就會轉為要由自己親自操刀，可是他現在才剛剛佔領青州和徐州，百業待興，還沒有真正地發展，如果想成為一統天下的大軍閥，必須要經過兩三年的時間去發展，心中不禁添上了一層淡淡的陰影。

「大王！」

唐一明背後傳來一個十分熟悉的聲音，他歡喜地轉過頭，看到站在門口的關二牛，急忙說道：「快進來，將你帶回來的消息告訴我！」

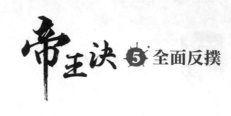

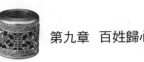

關二牛滿頭大汗，用衣袖擦拭了一下汗水，喘了幾口氣，才緩緩說道：「大王，燕軍已經攻克了潼關，秦軍節節敗退，退守長安！」

唐一明大笑起來，左手一拍大腿，便大聲叫道：「太好了，慕容恪啊慕容恪，我果然沒有看錯你，我就知道，再難的事你都會迎忍而解的。」

他說話的語氣，彷彿慕容恪是他手下一員大將似的，絲毫也不避諱在場的關二牛，臉上喜悅的表情展露無遺。

「大……大王，燕軍勝利了，怎麼你比誰都高興？」關二牛迷茫地問道。

「你不懂，現在的燕軍就像是我手中的一把利刃，我在利用這把利刃去開疆擴土。你想想，如果燕軍滅了秦國，就會去攻打涼國，說不定一高興，連附屬於燕國的代國也給滅了。如此一來，西北鼎足而立的三個國家盡滅，而燕軍也被消耗掉了不少，自從亂世開始，還沒有一個人能夠真正地統一北方，南方的晉朝更不願意看到這一幕，肯定要趁著燕軍疲憊去攻打燕國。就算晉朝不去，我也有辦法從中作梗，逼著他們去，如此一來，兩虎相爭，必有一傷，我們漢國就可以從中坐收漁翁之利，從而將大軍所向配合我們的先進武器，必然會無往而不利，速度夠快的話，不出兩年，就能統一大江南北，開闢一個美好的盛世！哈哈，哈哈哈！」唐一明邊說邊幻想著，心中對未來充滿了憧憬。

關二牛聽到唐一明的話，覺得唐一明像是在做夢一樣，把事情想得太過簡單了，淡淡地說道：「大王，還有一件事，燕國的使者已經到了廣固城，正在驛站等候大王傳召。」

「燕國使者？來得好快啊，我剛從徐州回來他們就來了？你派人去叫燕國使者來，在大殿議事；另外，再找一些精壯的士兵把守大殿，要將我們漢軍的威嚴展現出來！」唐一明吩咐道。

唐一明整理一下衣衫，徑直走出書房，來到大殿，坐在王位上等候燕國的使者。

也不知道等了多久，唐一明坐在王位上不住地打著哈欠，不耐煩地說道：「燕國的使者怎麼還沒有來？搞什麼飛機啊！」

剛說完，便聽門外守衛喊道：「啟稟大王，燕國使者到了！」

「讓他進來，幹什麼去了，這麼慢吞吞的。」唐一明碎念著。

便見一個身穿華麗服裝的漢子走了進來，一進殿，就拱手說道：「哈哈哈，漢王別來無恙啊！」

唐一明定睛一看，居然是慕輿幹，失笑道：「我以為是誰呢，原來是你啊！怎麼，燕國是不是沒有人了，怎麼又派你來？」

慕輿幹道：「漢王說笑了，不是我燕國無人，而是這種時候沒人敢來，只有我慕輿幹一人有此膽量罷了；再說，我與漢王也算舊識了，輕車熟路，剛好來敘舊一番。」

「哦，那你來此有什麼事，帶來的是好消息還是壞消息？」唐一明好奇問道。

慕輿幹那時在洛陽城被暫時關押，隨著慕容恪西征，慕輿根駐守洛陽，他也就被放了出來，準備依然回薊城去過他的舒服日子。然而，剛回到薊城不久，便傳來青州和徐州被唐一明佔領的消息，而慕容正也帶回了話，慕容儁思慮很久，就又把他給派出來了。

其實他很不樂意，也並非如他口中說的那樣勇敢，可是他擋不住大燕皇帝的壓力，只好硬著頭皮以使者的身分來到漢國。

慕輿幹嘻皮笑臉地說：「好消息好消息，自然是好消息了。我是為了燕國和漢國的和睦而來的，並且帶來了我們陛下的意思，希望繼續和漢國和睦下去。為了表示誠意，我們陛下特意將此禮單送上，還希望漢王笑納。」

關二牛接過那份大紅色的禮單，呈交給唐一明。

唐一明打開禮單，看了以後，臉上露出一絲冷笑說：「你們陛下可真是大手筆，又是一些華而不實的東西，給我那麼多金銀珠寶，還不如給點糧食來得實在。」

慕輿幹臉上一愣，這禮單哪裡是慕容俊讓他送來的，其實是他擔心自己回不去，私自掏腰包弄出這些金銀珠寶，混作禮單獻給唐一明的。

「這……這些……漢王……」慕輿幹支支吾吾的說不出話來。

唐一明擺手道：「好了好了，你不必多說了，既然來了就坐下吧，本王也不能虧待了來使。你們燕國真的願意和我繼續和睦下去嗎？對於我攻佔青州和徐州的土地，你們一點都不介意？」

「不介意不介意，陛下說，青州和徐州本來就是要封給漢王的，只是當時考慮到百姓太多，怕引起動亂，所以遲遲沒有封賜，這下漢王自己來取青州和徐州，也省去了陛下的心思。這不，陛下已經頒佈了一道聖旨，正式將黃河以南的青州和徐州封給漢王，消息不日就會傳來的。」慕輿幹急忙說道。

唐一明聽了道：「既然如此，那我就相信你們燕國的誠意。你的使命已經完成了，就請回去吧，二牛，送客！」

「等等！漢王，我來這裏還有一個目的。漢王曾經承諾，只要我們兩國繼續和睦下去，就會送給我們西征軍一千車炸藥，不知道漢王說話還算不算數？」

此次慕輿幹來漢國的目的就是為了這一千車炸藥，所以壯著膽子問道。

「當然算數了。本王說話說一不二，一千車炸藥早已經給你們準備好了，就等你們來拿，你什麼時候走，就可以什麼時候拿。」唐一明說。

「多謝漢王，我出來已經很久了，恐怕陛下擔心，今天就走，不知道那炸藥放在何處？」慕輿幹問。

「今天就走？你不是剛來嗎，廣固城裏有許多好玩的地方，不要再多逗留幾天？」唐一明問道。

慕輿幹連忙擺手道：「不了不了，漢王的美意我心領了，等下次來漢國，我再好好遊玩。」

唐一明聽了便道：「二牛，你帶使者去泰山，運出一千車炸藥，然後回來覆命！」

關二牛應道：「是！」

慕輿幹見事情辦成，便高興地向唐一明拜了拜，連聲說道：「多謝漢王！多謝漢王！」

待慕輿幹跟著關二牛走後，唐一明便大聲喊道：「來人啊，將燕國使臣送來的禮物收入國庫，交給相國處理！」

法律和軍令同時頒佈，並沒有引起百姓的反感，反而迎來百姓們的大加讚賞。二十條簡單明瞭的法律，不僅約束了百姓，也使得漢國從此步入一個真正以法治國的臺階。

一切的法律條文都是直白明瞭，讓人一聽就明白。擴軍也進展得很順利，得到百姓的廣大回應，只用了半個月時間，便招募到足夠多的士兵。

漢國境內一切步入正常，呈現出一番欣欣向榮的景象。

四月二十三日，天氣逐漸變暖，漢國的王城，廣固的大殿內，誕生了一個小生命。王妃李蕊誕下了一個小王子，唐一明給他取名為唐太宗，希望兒子以後能像唐太宗一樣有所作為。

半個月後，燕軍和秦軍在長安一帶陷入了苦戰，慕容恪那裏雖然有從漢國運來的炸藥，可是面對頑強堅守的秦軍，燕軍還是未能順利攻克長安，又一次地陷入對峙之中。

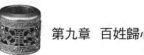

秦軍的兩路偏軍再一次瓦解了代國和涼國的共同入侵，並且使得代國和涼國不敢再出兵，這也使得秦軍能夠一心一意地對付燕軍。與此同時，唐一明不斷地接到從前線傳來的戰報，對於秦軍的頑強，他也感到很吃驚。不過，他也在暗自慶幸，還好帶兵去攻打秦國的不是他，不然，就憑漢國的軍隊，肯定不足以發動滅國之戰。

唐一明坐在王府大殿中，手上抱著剛出世不久的兒子，一面看著攤在眼前的地圖。

地圖上被唐一明放滿了麥粒，每一顆麥粒代表著燕軍的駐軍情況，而與麥粒相對的，則是米粒，代表著秦軍的分佈位置。

「大王，你這麼急著找屬下來，有何吩咐？」

王猛風塵僕僕地從外面走了進來。

唐一明看到王猛來了，便對懷中的兒子說道：「太宗，你看，王叔叔來看你了，你高興嗎？」

說話間，唐一明用手輕捏了下唐太宗的粉嫩臉蛋，走到婢女的身邊，說道：「將太宗抱給王妃吧！」

婢女「喏」了一聲，抱著唐太宗走出大殿。

「軍師，我們有十幾天沒見，有點想你了；另外，我也想知道工程進展得怎麼樣了，所以就把你給叫回來了。」唐一明抬了下手，指著面前的一張椅子，示意王猛坐下。

王猛拍打了一下身上的灰塵，坐下來緩緩道：「大王，這幾項工程頗為浩大，雖然動用了幾十萬人一起修建，可是沒有幾個月的工夫是完成不了的。」

唐一明點點頭，道：「這個我知道，將黃河和泗水接通，單這項工程來說就非常的浩大，可是一旦修建完畢的話，就是造福後世，灌溉了無數良田，也使得青州和徐州成為一座大糧倉。青州丘陵比較多，也有許多小河，如果在原有小河的基礎上加以連貫的話，就簡單許多，不用再去挖溝渠了。」

「大王，屬下明白，屬下會盡力而為的，這半個月來，濟北那裏已經挖好了，剩下的就是濟南、泰山、東安三地了，只要將這三地連接起來，就可以掘開黃河口，將黃河水和泗水連接起來了。」王猛回道。

這是唐一明制訂的修建河渠的計畫，本來他想弄個京杭大運河的，可是他的地盤小，只能先將黃河和泗水連接到一起。黃河通泗水，泗水通淮河，淮河通長江，一通百通，這就是他想要的。因為他一直想發展一支海軍軍隊，一旦這些寬闊的河渠修建完畢，不僅可以灌溉農田，還可以在河渠中走船，算是為以後攻打晉朝作下鋪墊。

「道路、鋼鐵、農田這三方面進行的如何？」唐一明問。

王猛回道：「道路的鋪設進展得很順利，鋼鐵、農田方面則緩慢一點，不過都很順利。對了大王，海軍籌備得如何了？」

唐一明道：「已經差不多了，三萬海軍全部招募完畢，現在正在東萊進行集訓，只待大船造好，就可以揚帆遠航了。」

「呵呵，那屬下要恭喜大王了。」王猛賀道。

「不必恭喜，你是一國之相，現在我們和大燕和平相處了，許多內政建設上的事，還需要你多多操心；羌騎沿黃河一線鎮守，再過一個月，等大船造好，整個漢國就要全部委託給你這個相國大人了！」唐一明笑道。

王猛聽了，急忙問道：「大王，你要離開漢國？」

「對，我打算離開漢國，揚帆出海到晉朝去。漢國現在就猶如一個在襁褓中的嬰兒一般，還太脆弱，許多地方需要進行完善，如果沒有穩定的局勢，漢國是無法強大的。兩年，我只要兩年時間，就可以使漢國的國力成為這個時代之最。景略，我有好久沒有這樣叫過你了。你和我是義結金蘭的生死兄弟，我對你比對誰都信任，加上你的才華一直沒有得到充分的發揮，所以一旦我去了晉朝，這裏的重擔就要交給你一個人了。」唐一明鄭重託付道。

「大王，你是不是早就計畫好了？晉朝非去不可嗎？」

「對，非去不可。你還記得我派金勇、趙全、張亮三個人去晉朝的事嗎？目的就是讓他們去給我打個前站的，晉朝多是士族子弟，如果能夠籠絡到一批飽學之士，對我們漢國也是大大地有益，你知道我們現在缺少的就是人才。晉朝門閥士族觀念很重，一些寒門子弟空有才學卻無處施展，我去晉朝，一來是打探一下晉朝的底細，二來便是找尋人才，所以晉朝我必須去。」

「屬下明白了，造船廠裏的五千工人正在加緊趕造大船，目前已經造好十三艘，一個月內，另外十七艘船也會打造完畢，到時候大王遠行，屬下便替大王看好漢國，等大王歸來。」

「景略，辛苦你了。雖說你身體硬朗，可也要量力而行。你看看你，一身污泥的，認識你的，知道你是相國，不認識的，還以為你是個民夫呢。你是一國之相，凡事不必親力親為，可多找下屬分工，否則如果把你累垮了，我以後還依靠誰去？」

「大王……」

王猛心中湧上陣陣暖流，感動萬分，卻不知道該說什麼好。

「好了好了，大家都是兄弟，沒有必要這麼生分，你遠道而來也累了，我已經讓人給你準備好房間，你就在王府中好好地休息休息吧。」唐一明體貼地說。

「諾！」

第十章

建康風貌

夕陽西下，金黃色的雲塊散佈在天空中，
照射在這座古色古香又繁華的建康城裏。
唐一明一行人走在夕陽下，看著滿天的雲霞，
經過車水馬龍的街市，所見所聞，
都讓他對晉朝的富庶產生了興趣。

一個月後，青州的大地上發生了天翻地覆的變化，平坦的道路在郡與郡之間鋪就而起，雖然沒有完全竣工，卻給百姓和軍隊出行帶來了極大的便利。

鋼鐵廠正式在東萊郡建成，規模要比泰山上的大出了許多倍，主要負責生產武器裝備和農作器具，而幾十萬民夫一起修建的溝渠，也在如火如荼地進行著。

此時已是六月，天氣雖然炎熱，可是在臨近大海的膠東港，士兵們卻在海邊訓練得很是開心。

這裏是漢國青州東萊郡境內的黃縣沿海，夏伯龍將海軍的基地設在這裏，從新招募的士兵中選出三萬人，組建了一支海軍，每天在海邊訓練，以便達到極好的水性。

唐一明登上不遠處的高崖，海風拂面吹來，空氣中夾雜著一絲鹹味，他的雙眼剛露出高崖，便看見山崖下幾十艘大船上旌旗密佈，漢軍將士手握兵器，整齊地站在船上，紛紛抬頭向高崖這邊望來，好不壯觀！

山崖下面是一片海域，海域被環形的山崖包圍著，只空出了

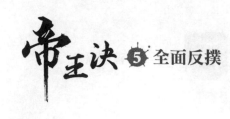

通向大海的一個狹小的谷口，在海船之間，還有無數的小船往來停泊，小船上的將士都穿著潔白的短衫，手中握著強弩，半跪在船上。

船上的士兵都精神飽滿，船兩側的偌大船艙裏，分別有五門大炮從炮口露出來。

不管是大船還是小船上的士兵，見到唐一明出現，同時大聲喊道：「漢王萬歲！漢王萬歲！」

唐一明高興地拍了拍站在身邊的劉三，大聲誇讚道：「劉三，你真行！沒想到這些人才交給你不到三個月，你就能整出這樣雄壯的海軍來，雖說船隻還不夠多，可是單憑這支海軍，便能橫行沿海，無人能擋，簡直堪稱無敵了。」

劉三回道：「多謝大王誇獎，屬下不敢貪功，這些都是士兵們刻苦訓練和工匠們日夜趕工的結果；屬下只不過是奉命訓練海軍而已，若不是這些人本來就都會水的話，只怕訓練起來也十分不易。」

「謙虛是一種美德，你做得好，我就喜歡你這樣有功不貪的人。你選五艘大船，今日我就要揚帆出海！」唐一明吩咐道。

「出海？大王要去哪裡？」劉三訝異地問。

唐一明道：「我想要去晉朝看一看，順便招攬一些人才。」

劉三聽了，有點擔心地道：「大王，海軍剛剛訓練好，還不適合進行大戰。我聽說晉朝的水軍也很厲害，他們固守長江一帶，以前趙國幾次想攻打晉朝都無從下手。」

「南船北馬，古來有之，只是我不是去打仗，而是去通商！」唐一明回道。

「通商？」劉三不解道。

陶豹插嘴說：「對，大王是要去通商，去晉朝買我們需要的東西，然後運回來。」

劉三聽了，立即問道：「大王，那是否還要建造商船，不然怎麼拉運貨物？」

唐一明道：「不用，現在造我也用不了，我就用這五艘大船，每艘船上除去水手、舵手、炮手等，各帶五百士兵隨行。」

「屬下明白了，這就吩咐下去。」劉三道。

「等等，讓陶豹和孫虎和你一起去，他們帶來一些指南針，不管是大船還是小船，都裝備上一個！」唐一明道。

劉三眨巴著眼睛，問道：「指南針？這是什麼東西？」

「就是這個！」

陶豹從背後拿出一小塊磁石，然後將一隻鐵勺放在磁石上，那隻鐵勺晃動幾下之後，勺子的兩端便分別指向了南方和北方。

「這就是指南針，只要有了它，以後出海就不會偏離方向了。好了，去吧，將這些東西裝備到各船去，讓陶豹和孫虎教會他們怎麼用指南針！」唐一明道。

劉三點點頭，和陶豹、孫虎一起下了高崖。

唐一明站在高崖上，望著崖下港灣內的海軍，心裏別提有多高興了。

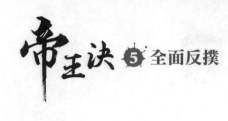

他雙眼望著一望無際的大海，心情很是澎湃。他現在是兩個孩子的父親了，姚倩於半個月前生了個女兒，唐一明歡喜得很，經常將兩個孩子抱在懷裏。

五月份，漢國添加了不少新生命，這些是漢國第一批降生的孩子，所以唐一明便將六月初一定為兒童節。

慕容靈秀的預產期還有幾個月，唐一明安排完家裏的事情後，讓王猛總攬全國軍政大事，以黃大、姚襄、王凱三人為輔，自己便帶著陶豹、孫虎來到東萊，準備出海，揚帆遠航到南方的晉朝。

晉穆帝永和九年，六月初三，唐一明率領五艘大船，帶著連同水手在內約莫四千人揚帆出海，從膠東灣，沿著黃海一路向南。

半個月後，五艘樓船順利到達建康，一路上但凡遇到晉朝水軍搜查，唐一明便讓人用金銀賄賂，這才順利地到了建康。

五艘船停泊在港口，唐一明讓陶豹和所有的士兵、水手都留在船上，自己則喬裝打扮了一番，帶著孫虎，雇了輛馬車，向內城走去。

建康，這座有名的古都，自三國時的吳國在此建都之後，東晉，南朝宋、齊、梁、陳先後在此建都，也從此成為六朝政治、經濟、文化的中心。

根據金勇派人通報的消息，他和趙全、張亮三個人帶著五百人購買了一座大宅子，並且在那裏開了間酒樓，就在烏衣巷附近。

建康是晉朝的國都，其繁華程度與淮河以北形成了鮮明的對比，不僅人口多，就連街市上也都能夠看到百姓和商販們無憂無慮的生活，如此大的反差，讓唐一明的心頭為之一震。

馬車穿市而過，唐一明和孫虎任由馬車夫將他們帶到目的地。

「先生，酒樓到了。」車夫跳下車轅，衝車裏喊道。

唐一明和孫虎下了馬車，便看到一座偌大的酒樓，此時是傍晚時分，酒樓賓客滿堂，人聲鼎沸，好不熱鬧。

抬起頭，唐一明看到匾額上寫著「有間酒樓」四個字，不禁笑了起來，便對孫虎說道：「小虎，走，進去看看！」

踏進酒樓大門，撲面而來的便是滿屋子的酒氣，還夾雜著菜肴的香氣。

「客官，裏面請，請問幾位啊？」一個穿著灰色薄衫，肩膀上搭著白色毛巾、約二十出頭的男子迎了上來，招呼道。

「嗯……兩位……你們東家在嗎？」唐一明道。

店小二道：「客官要找我們東家啊？東家有事出去了，不過客官可以稍微等一會兒，我們東家這時候也該回來了。」

「哦，那隨便給我們來個座位吧，弄點酒菜，我們邊吃邊等他回來。」唐一明道。

店小二叫道：「好咧！客官，請這邊走！」

唐一明跟著店小二走，來到靠牆的一張桌子前，店小二說道：「客官請坐！」

唐一明和孫虎坐下之後，店小二打量了一下兩人，笑問：「客官好面生，應該是第一次來到小店吧？」

唐一明點點頭，道：「嗯，是第一次。」

「客官有緣來到本店，本店就該好生招待。根據本店的規矩，如果客官能夠說出三個奇聞逸事的話，本店內的酒菜全部免費，客官想吃多少就吃多少，想喝多少就喝多少。不知道客官可有什麼奇聞逸事要講的嗎？」店小二道。

「小二，這樣一來，你們的酒樓豈不是在做賠本生意嗎？天底下哪裡有這樣做生意的？」唐一明好奇地問道。

「對啊，你們這樣長此下去，豈不是要關門大吉了？」孫虎附和道。

店小二又打量了唐一明一眼，狐疑地問道：「客官和我們東家是朋友？」

唐一明點點頭。

店小二道：「那就奇怪了，既然是我們東家的朋友，就應該知道我們這裏的規矩，怎麼會問出這樣的問題呢？」

唐一明有些尷尬，便問道：「你們東家可是姓金？」

「是姓金啊。」

「那就對了，我找的就是他。我沒有什麼奇聞逸事要說的，你給我們弄點下酒菜，錢不會少給你們的。」唐一明擺擺手道。

「先生，照這樣做生意的話，豈不是要賠慘了嗎？金勇是個聰明人，怎麼會做出這樣愚蠢的事呢？」孫虎不解地說道。

「也許他有他的道理，不要再議論了，此地人多嘴雜，我們邊吃邊等金勇，他來了，一切事情就明白了。」唐一明道。

過不多時，店小二端來一壺小酒和幾碟小菜，放在唐一明和孫虎的面前，並且畢恭畢敬地說道：「遠方的客人，你們是頭次來我們小店，我們小店還有一個規矩，就是第一次來的客官，一切都是免費的。雖然你們沒有說出奇聞逸事，但是小店十分期待你們下次來這裏的時候能夠帶來奇聞逸事！這些是小店的特色菜，兩位客官請慢用，小的告退！」

唐一明和孫虎面面相覷，還沒來得及回答，店小二便離開了。

「先生，這裏的規矩怎麼那麼多，還都是一些破爛規矩！」孫虎抱怨道。

唐一明笑道：「管他們呢，反正這裏的一切都是我們的，只管吃飽喝足就是了，在北方可是吃不到這樣的東西的！」

桌子上擺放著熱騰騰的雞肉、魚肉、豬肉，還有幾碟青菜，這在兵荒馬亂的北國，確實很難吃到。可是在繁華似錦的南朝，這些東西卻成了最為普通的下酒菜。

唐一明和孫虎兩人肚子早就餓了，便毫不客氣地將這些盤子裏的菜都吃完了，最後兩個人同時發出了一個飽嗝！

「好啊，原本你們在這裏啊？有酒喝也不請我，真沒有義氣！」一雙大手突然拍在了唐一明和孫虎兩人的肩膀上，一個穿著破舊長衫的中年漢子站在他們面前。

漢子皮膚白皙，濃眉大眼，兩隻眼睛炯炯有神，看到桌上有一壺酒，也不等唐一明和孫虎回答，便一屁股坐在凳子上，手一伸便將那個酒壺給抓在手中，然後朝自己口中倒。

「喂，你……你這人怎麼這樣？隨便就喝人家的酒，也沒有徵求人家的同意！」孫虎指著那個漢子說道。

中年漢子三十多歲，咕咚咕咚喝完一壺酒之後，將空酒壺放在桌上，笑著說道：「還給你就是了！」

「啪！」一聲脆響，那個漢子隨手一仍，便將手中的酒壺摔在地上，酒壺立刻變得粉碎。

清脆的聲音傳遍整個大廳，廳裏的客人都回過頭來，

店小二走過來，一看到那個中年男子，第一個反應便是指著他的鼻子說道：「怎麼又是你？你怎麼老來搗亂？每天給你的酒還少嗎？」

那中年男子回嘴道：「怎麼老是你來制止我搗亂？你為什麼給我的酒總是那麼少？我喝不到幾口就沒了。」

店小二有點生氣地說道：「你……你出去，要不是我們東家護

著你，我早就把你的腿給打斷了！」

那中年男子坐在凳子上，絲毫沒有挪動的意思，反而無賴地譏笑說：「我不出去，我就是要讓你們東家看看，你是怎麼欺負我的。」

唐一明和孫虎兩個人互視了一眼，此時的他們彷彿成了局外人一樣，也不知道該如何插話，以免一會兒面對一場不必要的糾紛。

那中年男子叫魏舉，是個飽學之士，只因自己出身貧寒，無法出仕，再加上他的妻子死了，孩子夭折，便墮落成這樣，每天和酒廝混在一起，他蔑視那些士族子弟，更十分鄙視晉朝的制度，曾經幾次入獄。

「發生什麼事了？」

唐一明扭過頭，見門邊站著一個瘦弱的修長大漢，相貌頗為端正，面容更是熟悉，笑道：「金勇！」

「先生，你怎麼來了？」金勇臉上露出驚喜，叫道。

「呵呵，你忘了，我說過少則一兩個月，多則三四個月我就會來看你，現在已經過了三個多月，我不是來了嗎？」唐一明笑道。

金勇歡喜地一把拉住唐一明的手，徑直朝樓上走去，並且向店夥計喊道：「好酒好菜都端上來，我要宴請貴客！」

酒樓中剛才的雜亂不見了，緊張的氣氛也不在了，所有的人都成了旁觀者，見證著兩個老友的重逢。

金勇瞥眼看了孫虎一眼，笑道：「小虎，你也來了，走，一起上樓！」

金勇剛踏出一隻腳，踩在木製的樓梯上，忽然覺得腳踝被一隻手拉住，回頭一看，竟是那個叫魏舉的人拉住了他的腳。

「金先生，吃酒這麼好的事，你都不叫我嗎？」魏舉眼裏充滿了期待，道。

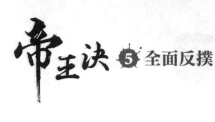

金勇呵呵笑道：「好，你也上樓吧，今天你想喝多少就喝多少，我管飽！」

魏舉眼睛一瞇，大眼彎成了一彎新月，鬆開金勇的腳踝，整理了一下身上那件破舊的長袍，便跟在金勇、唐一明的後面上了樓。

酒樓的一樓是大廳，二樓是包間，三樓則是貴賓席。金勇帶著唐一明等人上了三樓，推開一間房間，裏面的裝修讓唐一明吃驚不已。

沉靜的天藍色牆壁，紅花和鳳尾草圖案的綠窗簾，高大的針織屏風，桃花心木的桌子，邊上還放著一張大理石几案，案上堆著各種名人法帖及數十方寶硯、各色筆筒，筆筒內插的筆如樹林一般，另一邊擺放著斗大的花瓶，插滿鮮豔的花朵，牆上還掛著文人騷客的字畫，整個房間充滿了十足的文人氣息。

「酒樓裏怎麼會有這些東西？」唐一明忍不住問了出來。

金勇將唐一明攙扶到座位的上席，緩緩說道：「先生，酒樓只是個偽裝罷了，實際上是文人才子們聚集的地方。」

唐一明斜眼看了看魏舉，見魏舉一坐下便端起桌上剩下的酒，一飲而盡，沒有任何顧忌。他狐疑地問道：「趙全和張亮呢？」

金勇道：「先生，酒樓開張以來便很受歡迎，經常爆滿，所以我在城南和城東又開了兩家分店，派他們兩個分別管理那兩家分店去了。」

「爆滿有個屁用？還不是賠得多嗎？那些吃酒的又有幾個付錢的？你來這裏不是享福的，懂嗎？」

孫虎看到金勇突然過上這樣奢靡的生活，心中很是不爽，便發起牢騷來，言下之意是提醒金勇不要忘記他的任務。

金勇見兩人露出不滿的表情，便緩緩解釋道：「先生，我沒有忘記我來這裏的目的，我之所以這樣做，就是為了多收集一些消息。這幾個月來，我收集的消息十分龐大，從晉軍要員、朝廷權臣以及知名文人，都在我的掌握之中。」

唐一明見金勇說話毫不避諱一旁的魏舉，便問道：「只要能收集到消息，怎麼做就是你的事了。這位魏先生一直坐在這裏，你能給介紹介紹嗎？」

金勇急忙道：「先生，你看我這腦袋，把這事都給忘記了。」他站起身子，走到魏舉身邊，一把奪過魏舉手中的酒壺，大聲道：「還喝！在大王面前怎麼能夠如此沒有規矩？還不快點拜見大王！」

魏舉瞪大了眼睛，看了看坐在他正對面的唐一明，道：「大王？你就是大名鼎鼎的漢王？」

唐一明端正了身子，輕輕地點頭。

魏舉急忙跪在地上，高聲喊道：「在下吳郡人士魏舉，拜見漢王！」

金勇插話道：「大王，魏舉雖然有點瘋癲，卻是個博學多才的人，屬下剛到建康的時候救了他，他為了報答救命之恩，願意一輩子跟著我，我見他十分有誠意，又是個讀書人，便將我的身分告訴了他，他知道以後，便發誓願意效忠漢王，至死不渝。這間酒樓，就是他想出的主意，他則每天穿梭於市井之間，以酒鬼的樣貌去幫我們打聽消息，順便發掘人才。」

聽金勇介紹之後，唐一明倒覺得魏舉是個人才，便說道：「你起來吧，我問你，你是怎麼知道我們漢國的事的？」

魏舉緩緩地站了起來，道了聲謝，畢恭畢敬地說道：

「啟稟漢王，早在去年，在下就聽聞過泰山有一支抵禦胡人的軍隊，在唐……漢王的帶領下，粉碎了不少次胡人的進攻。後來晉軍北伐，諸葛攸駐守泰山，只要是朝中的有識之士，都對漢王佩服不已。後來，晉軍敗退，退守江淮，燕軍攻入青州，漢王受封，雖然有些人認為漢王是背信棄義的小人，可是在下知道，漢王才是能屈能伸的大英雄。」

「呵呵，我並不是什麼大英雄，我和你一樣，也是個普通的人，漢國之所以有今天的成就，是所有國人共同努力的結果。你給金勇出的這個點子是不錯，可是如此耗費，就算有再多的金銀珠寶，也終有耗盡的一天，到那時候，酒樓又要用什麼來維持呢？」唐一明道。

「是啊，你們這樣，真有點對不住大王！」孫虎在一旁憤憤地附和道。

金勇和魏舉相視而笑，只見魏舉拱手說道：「大王有所不知，這間酒樓只是副業而已，我們用每個月所賺金銀的十分之一來彌補酒樓的虧空，綽綽有餘。」

「哦，照你這樣說，你們還有主業？是什麼啊？」唐一明好奇道。

金勇回道：「大王，江南是魚米之鄉，生活條件穩定，商業自然也比較發達。我們用大王給的金銀珠寶賄賂了各地方的郡守，開設了好幾家商號，將這裏的東西運往蜀中，再將蜀中的東西運到

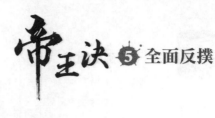

這裏，如此一買一賣之間，自然就有了利潤，加上背後又有官府撐腰，只要我們不做違反晉律的事，一般是沒有人查問的。」

「沒想到你們能在短短的幾個月內就站穩腳跟，實在讓我太吃驚了。金勇，我來此的目的是為了向晉朝言和，你可否找到可靠的人，讓他們幫我向晉朝傳話？漢國初建，還是襁褓中的嬰兒，需要穩定的時間來發展，燕國那邊我已經打點好了，只有晉朝這邊我始終不知道他們的意思。」唐一明煩惱地道。

金勇拍拍胸脯道：「大王儘管放心，我們在這裏佈線許久，建康城裏十分熟悉，其他兄弟也都秘密派往各地，以收購商品為由進行秘密勘察，就連哪個郡守的小妾生了幾個兒子，我們都摸得一清二楚。」

「哈哈，好啊，我真沒有想到你們會在短短的數月之內建成如此龐大的情報網。」唐一明大讚道。

金勇謙虛地道：「大王，這都是您的功勞，您給了我們那麼多的金銀珠寶，我們帶到晉朝來，才知道金銀珠寶的妙用，所謂有錢能使鬼推磨，正是這個道理。」

「哈哈，這些金銀珠寶都是胡人掠奪而來，我們又從他們手上弄過來的，要謝的話，應該謝謝那些胡人才對。要在短時間內建立一個龐大的情報網，並不是一件容易的事，萬一有人密告的話，就會功敗垂成，你作為領導者，實在是功不可沒。」唐一明讚道。

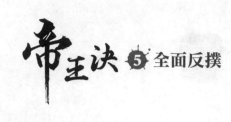

「多謝大王誇讚。大王遠道而來，一會兒吃點酒菜，就隨屬下一起回府吧，休息一夜後，明天我就帶著大王去會會晉朝官員們。」金勇道。

「嗯，很好。不過，你還要去做一件事，我在碼頭停靠了五艘大船，交給陶豹負責，我怕陶豹會惹出事情來，你派人去接替一下陶豹，將他帶來，並且疏通一下沿江的晉軍。」唐一明交代道。

金勇回道：「大王放心，這件事好辦，鎮守碼頭的晉軍和我是好友，我派人通傳一聲就可以了。」

這時，小二端上酒菜，迅速地擺滿了一桌子。

「大王，請品嘗！」金勇熱情地招呼道。

唐一明搖搖頭道：「你們吃吧，我和孫虎在你們來之前便吃飽了，現在不餓。」

魏舉不客氣地拎起酒壺，道：「我只要酒！」

眾人聽了，都哈哈地笑了起來。

用過飯，金勇便帶著唐一明、孫虎等人出了酒樓，回到自己的府邸。

金勇的府邸在烏衣巷裏，是他花重金從一個士族子弟手中買過來的，不為別的，就因烏衣巷內聚集了許多的社會名流、士族門閥。

夕陽西下，金黃色的雲塊散佈在天空中，照射在這座古色古香又繁華的建康城裏。

唐一明一行人走在夕陽下，看著滿天的雲霞，經過車水馬龍的街市，所見所聞，都讓他對晉朝的富庶產生了興趣。

「晉朝之所以能屹立在江南那麼多年，並不是因為他的軍隊有多麼厲害，而是因為有一個穩定的環境，在這樣的背景下，百姓安居樂業，商賈縱橫，成就了晉朝的國力，使得晉朝國力日益攀升。打仗，打的不是軍隊，而是國力啊，國力雄厚了，才能夠永遠地屹

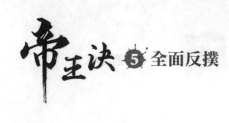

立在那裏，國家也不至於敗亡。看來要想滅晉，就必須先消耗其國力，發展自己的國力。」唐一明邊走邊想著。

行不多時，車已到烏衣巷。

「朱雀橋邊野草花，烏衣巷口夕陽斜，舊時王謝堂前燕，飛入尋常百姓家。」這首詩是唐代大詩人劉禹錫所作，寫的就是烏衣巷。

烏衣巷無疑是東晉一代最著名的建築，自王導輔佐晉帝司馬睿東渡起，烏衣巷便是顯赫門閥的代稱，而江左世家都以在烏衣巷有自己的府邸為榮。

過了朱雀橋左轉，便到了金勇的府邸。

朱雀橋雖然大名鼎鼎，卻不是後世所稱的那種真正意義上的「橋」。嚴格來說，它僅僅是座浮橋，因此又被稱為「朱雀浮航」。所謂浮航，就是連舟為橋，平日通行，到了戰時便可以輕易拆斷，阻隔兩岸交通。這種橋，秦淮河上有二十四座之多。二十四橋明月夜，讓紙醉金迷的秦淮風月一時無兩。

金勇的府邸十分漂亮，從外觀上看，頗有一番古人氣息，無處不透著一種高貴。

進入府宅大門，唐一明看到裝修得富麗堂皇的大院，到處都掛著大紅燈籠，就連走廊上也掛著青羅幔帳，整個院子充滿了迷人的色調。

進入大門，便可以看見一個不大的圓形花池，花池裏開滿了鮮豔的花朵。再朝前走不到十米遠，便是一座假山，假山用石頭堆砌而成，周邊是一個水池，水池中還有自在游動的金魚。

經過假山水池，再向前走十五米，才進入大廳。大廳裏的擺設雖然簡單，卻顯得很是高雅，因為所有的傢俱都是用很少見到的紅木做成。大廳的角落裏各放著一尊香爐，香爐裏還散發著嫋嫋的青煙，使得整個大廳充滿了一股檀香，沁人心脾。

四周牆壁上掛著字畫，最引人注目的當屬大廳中堂的一幅墨寶，墨寶上的字筆走龍蛇，雖然只有洋洋灑灑的幾百字，卻讓人看了很是舒服。

唐一明雖然不懂書法，但是看見這樣的文字，也不由得沉醉，忍不住朝那幅字走了過去，見到在左下角有幾個小字的落款，仔細看了之後，不禁眼前一亮，竟然是「王羲之」的署名。

他扭過頭，看了一眼金勇，見他穿著那些文人的長袍，頗有一番儒者的風範，大為稱讚道：「你這座府邸，可比我的漢王府要有一番韻味。」

金勇笑道：「大王恕罪，在此巷裏多是士族門閥，我經常宴請他們，如果家裏的擺設不夠文氣的話，恐怕會不得人意。」

唐一明趕忙解釋道：「我沒有怪罪你的意思，我只是隨口一說，我十分相信你。」

金勇拜道：「多謝大王對屬下的信任！」

「這裏雖然是你的府邸，可是人多口雜，你還是叫我先生吧，不必再叫大王了，或者我們以兄弟相稱，這裏不是漢國，而是晉朝，我要入鄉隨俗嘛！」唐一明道。

金勇道：「大……先生，房間我已經讓人準備好了，先生請隨我來！」

唐一明跟著金勇進了後堂，沒多久，便來到一間大屋子裏。屋子房門敞開，裏面還站著幾個長得十分美麗的女婢。

「先生，這裏是先生的房間，請先生進去看看，不滿意的話，我再給先生換一間。」金勇道。

走進房門，唐一明便聞到一股淡淡的清香，那種清香是一種沁人心脾的女人體香。四名年紀約十六七歲的女婢各個膚色白皙，侍立在房間裏，一見到唐一明進來，便一起迎了上來，她們身上的香氣直撲唐一明的鼻子，讓人聞了不禁產生遐想。

金勇關上了房門，對裏面大喊道：「好生伺候先生！」

屋內頓時一片旖旎。

請續看《帝王決》6 千鈞一髮

帝王決 5 全面反撲

作者：水鵬程
發行人：陳曉林
出版所：風雲時代出版股份有限公司
地址：10576台北市民生東路五段178號7樓之3
電話：(02) 2756-0949
傳真：(02) 2765-3799
執行主編：朱墨菲
美術設計：許惠芳
行銷企劃：邱琮傑、張慧卿、林安莉
業務總監：張瑋鳳

初版日期：2017年10月
初版二刷：2017年10月20日
版權授權：蔡雷平
ISBN ：978-986-352-504-2
風雲書網：http://www.eastbooks.com.tw
官方部落格：http://eastbooks.pixnet.net/blog
Facebook：http://www.facebook.com/h7560949
E-mail：h7560949@ms15.hinet.net
劃撥帳號：12043291
戶名：風雲時代出版股份有限公司

風雲發行所：33373桃園市龜山區公西村2鄰復興街304巷96號
電話：(03) 318-1378
傳真：(03) 318-1378
法律顧問：永然法律事務所 李永然律師
北辰著作權事務所 蕭雄淋律師

行政院新聞局局版台業字第3595號 營利事業統一編號22759935

定價：280元　特惠價：199 元　

國家圖書館出版品預行編目資料

帝王決 ／ 水鵬程 著. -- 初版. -- 臺北市：
風雲時代，2017.07- 冊；公分

ISBN 978-986-352-504-2（第5冊；平裝）

857.7　　106009964